マリアベル
・レイニー
PROFILE
元六魔臣の一人
〈怠惰の真祖〉
「人間になった私は
バルド様を
でしょうか……？」
「バルド様はやっぱり
お優しいですねぇ……」
ロゼア
・ベリアエル
PROFILE
元六魔臣の一人
〈色欲の夢魔〉

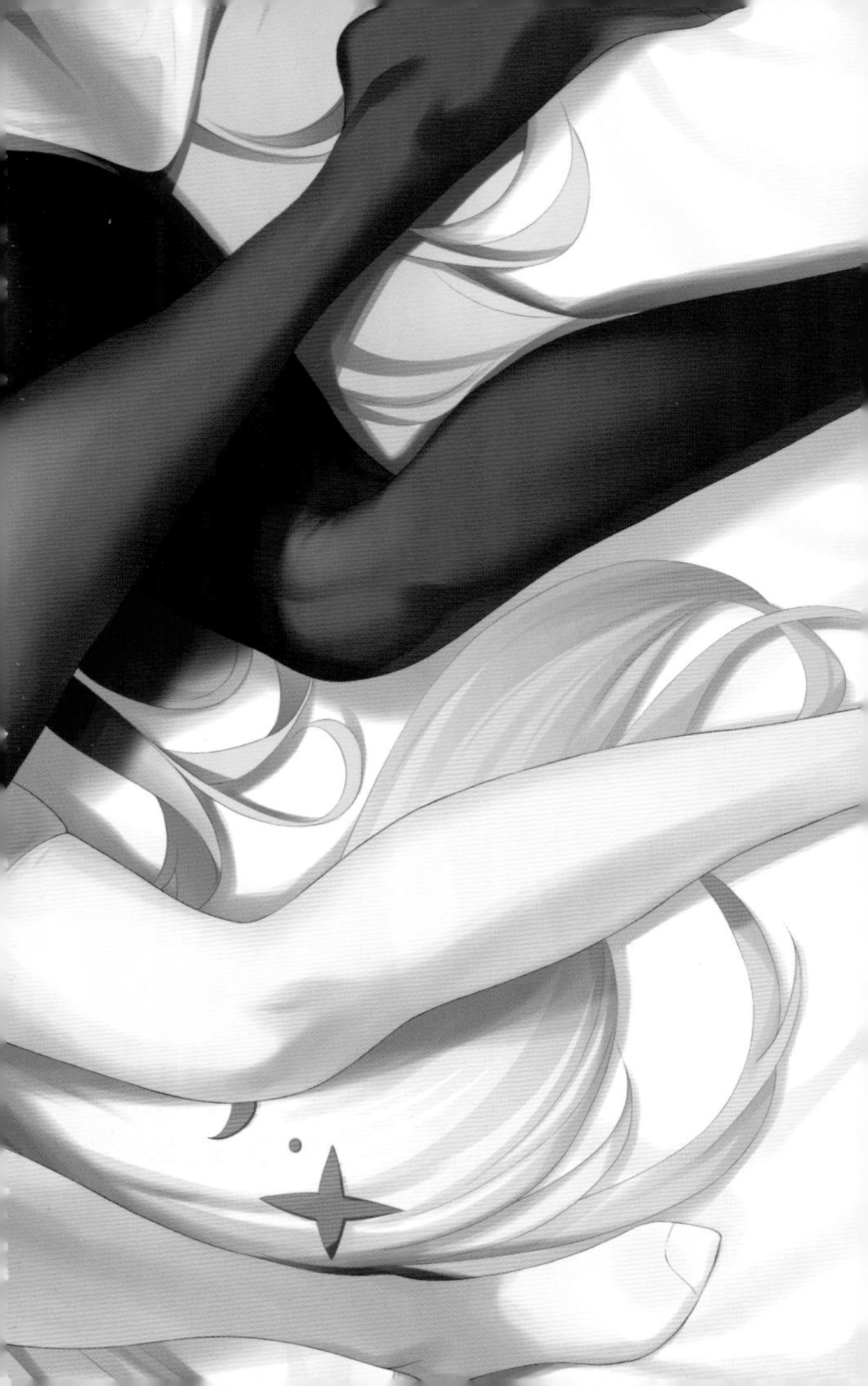

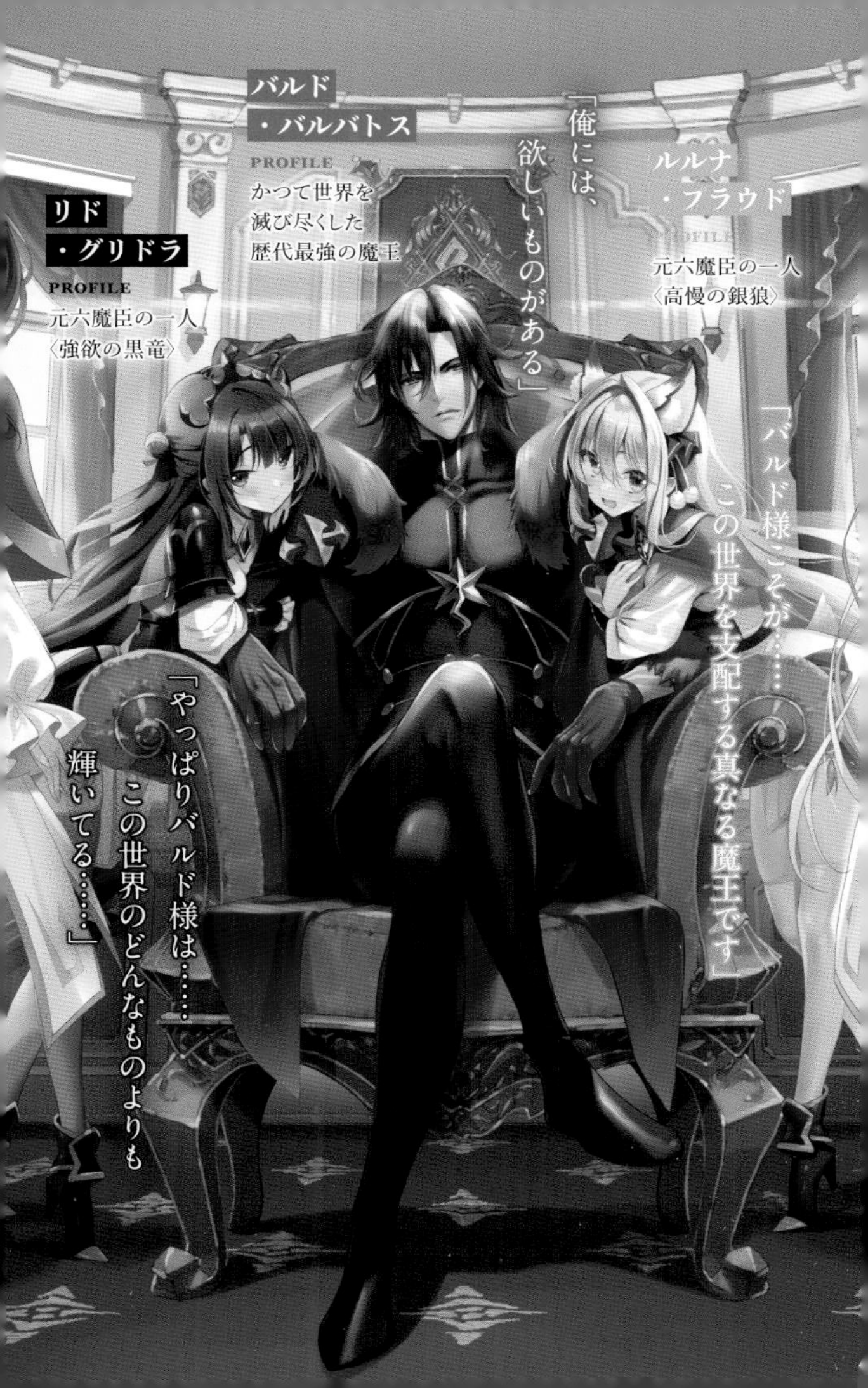

「バルド様こそが……
この世界を支配する真なる魔王です」
ルルナ
・フラウド
PROFILE
元六魔臣の一人
〈高慢の銀狼〉
「俺には、
欲しいものがある」
バルド
・バルバトス
PROFILE
かつて世界を
滅び尽くした
歴代最強の魔王
リド
・グリドラ
PROFILE
元六魔臣の一人
〈強欲の黒竜〉
「やっぱりバルド様は……
この世界のどんなものよりも
輝いてる……」

エウロパ
・フォースピラー
PROFILE
バルドによって
被虐趣味に目覚めた女神

「昨夜のバルド様がずっと激しくて……
一睡もできなかったせいですわよ……
「ルルナはぁ……
バルド様がぁ……
だぁいすきなのですう……」

「ボク、バルド様の強い肉体に興味津々なんだ～！」
ラトニ・グラトロス
PROFILE
元六魔臣の一人
《暴食の暴鬼》
「バルド様のために色んなものを発明してみせるでち」
ヴィータ・シータ
PROFILE
元六魔臣の一人
《嫉妬の邪精霊》

魔王の元側近は勇者に転生しても忠誠を捧ぐ

ツカサ

ファンタジア文庫

3338

口絵・本文イラスト　よう太

魔王の元側近は勇者に転生しても忠誠を捧ぐ

序章

「目覚めよ――バルド・バルバトス。汝は我ら八大魔王と忌まわしき勇者の血より造られた、最強の〝魔人〟である」

その呼び声と共に俺は生まれた。

勇者というかつてない脅威を前に、各地の魔族を統べていた魔王たちは協定を結び、魔人という兵器を造り出したのだ。

そう――知っている。言われずとも、覚えている。

俺が俺になる前のことを。

魔人という器を完成させるために用いられた無数の命。

彼らの痛みが、叫びが、嘆きが、絶望が、俺の中に蓄積されている。

混じり合い、煮詰められた負の感情の底から湧き上がるのは――怒りの炎。

「ああ……そうか。お前たちが」

俺に苦痛をもたらした存在。怒りを向けるべき相手。

小さく呟(つぶや)いて瞼(まぶた)を開ける。

そこは暗く深い穴の底。魔法陣の中心に据えられた寝台の上。

わずかに光が射(さ)す遠い天蓋には、八つの影が揺れていた。

煮えたぎる感情が、徐々に胸の内から迫(せ)りあがってくる。

「口を慎め。どれほど強大な力を持とうと、汝は我らの道具。その首に在るのは我ら魔王の呪詛(じゅそ)を複数組み込んだ隷属環(スレイブリング)だ。命令に背けばたちまちその首輪に――」

天上から降ってくる傲慢な声。

その言葉の途中で、首に嵌(は)められていた金属の輪を摑(つか)んで砕く。

「これがどうかしたか？」

何か喚(わめ)いていたようだが、呪詛ごと握り潰すのは難しくなかった。

「な……馬鹿なっ⁉」

八大魔王たちのどよめきが空洞に響く。

この程度の縛(いまし)めで俺を従えられると考えていたことに腹が立つ。

何て脆弱(ぜいじゃく)な。何と愚かな。

我慢がならない、このような弱者に蹂躙(じゅうりん)されていた事実が。

このままにはしておけない、こんな愚者たちの存在を。

「消えろ」
彼らの影を見上げて——俺は己の内に溜め込んだ憤怒の炎を解き放った。

天蓋が消えた穴の底。
復讐を終えた俺は、丸く縁どられた空を見上げる。
すると空洞の壁面にあるいくつもの横穴から、六つの影が俺の周囲に舞い降りてきた。
——知っている。
世界情勢や魔術の知識などと共に、彼らの情報も事前に脳へ刷り込まれている。
俺が魔人として完成した暁には、側近となる予定だった者たち。
俺の手足であり、護衛となる精鋭の魔族。
銀狼プラウド。
黒竜グリドラ。
真祖レイニー。
暴鬼グラトロス
邪精霊シータ。

夢魔ベリアエル。

俺は居並ぶ彼らに問いかける。

「八大魔王は今、俺が滅ぼした。叛逆者として俺を討つか？」

『いいえ、バルド様』

前に進み出てきた銀狼が念話で話しかけてくる。

『魔族はより強き者に従うもの。八大魔王よりどのような命を受けていようと、彼らを滅ぼした貴方こそが私たちの主であり――この世界でただ一人の真なる魔王です』

他の者たちも異論はないのか、銀狼の言葉に頷いた。

「では、お前たちは王に何を望む」

そう問いかけると、銀狼は即答する。

『無論――生きとし生けるものの根絶を。我ら自身も含めて全てを無に帰す――それこそが魔族の宿願ゆえに』

「……そうか」

その願いに共感はできない。

〝人〟が混じった俺には、自身の消滅すら望む魔族たちは哀れな存在に思えた。

ただ八大魔王に怒りを吐き出し、復讐を果たした俺には目的がない。

ならば暇つぶしに彼らの王として振る舞うのも悪くはないだろう。

「分かった。俺が叶(かな)えてやる」

そう告げると、彼らは恭(うやうや)しく俺に頭(こうべ)を垂れた。

『どこまでもお供いたします』

忠誠を誓う六人の側近たち。

こうして俺は世界を滅ぼすことを決め——程なくしてそれを成し遂げた。


「これが、お前たちの願った世界か」

虚空(こくう)を踏み締め、瘴気(しょうき)に覆われた大地を見下ろす。

人界軍最後の砦(とりで)である〝聖域〟も勇者と共に俺が消し去った。

俺を除いて、この世界で生きている者はもういない。配下の魔族たちも含めて——。

「本当に……こんな結末で満足なのか？」

命を賭(と)して戦った同胞たちへ問いかける。

ほんの暇つぶしのつもりだった。

けれど魔人の力を用いても、戦いは熾烈を極めた。

六魔臣として俺に仕えた側近たちや、空と地を埋め尽くさんとしていた魔族の軍勢も、ここへ至るまでに全て命を落としている。

それほどまでに最後の戦いは激しく、この世に〝生きる者たち〟は想像以上に手強かった。恐らく俺がいなければ魔族は敗北していただろう。今となっては八大魔王の焦りも理解できる。

「魔族――滅びを望むモノ。その在り方はあまりに……」

悲し過ぎる。そう感じた。

理不尽だ。命を賭して得た勝利の先に何もないなど――納得できない。

八大魔王を滅ぼした時に枯れていた激情が、心の奥底から湧き上がってくる。

プラウド、グリドラ、レイニー、グラトロス、シータ、ベリアエル。

側近ではあったが、当初はどうでもいい存在だった。

けれど共に戦ううちに、その生き様に目を奪われた。

その散り様は、暗く冷え切った俺の心を揺り動かすほどに鮮烈なものだった。

「これでいい、などと――俺が認めん」

熱を帯びた感情と共に、拳をぐっと握りしめる。

カッ――！

その時、空が青く瞬いた。

大気を裂く轟音。

雲一つない天より落ちる雷。

「やはり来たか」

俺へ真っ直ぐに向かってきた雷を腕の一振りで掻き消す。

「……待っていたぞ」

即座に雷が放たれた天頂へ――そこに顕現した青い影の背後に魔術で転移し、その首を右手で摑んだ。

「ようやく会えたな。人が〝神〟と崇める世界の創造主」

漏れ出る怒りを声に乗せ、首を摑んだ手から対神用の術式を流し込んだ。

青い影がびくりと震え、平面的だった姿が立体的に変化していく。

「これは上位次元に在る貴様を受肉させ、命あるものに堕とす術だ。別にそのままでも滅ぼすことは容易いが……それでは痛みや苦しみを理解できまい？」

受肉した創造神の姿は、まるで人形のようだった。

体に起伏はなく、目や鼻もない顔には口腔だけがぽっかりと空いている。

「あ……ア……」

神は呻き、俺の手から逃れようともがいた。だが俺が少し腕に力を込めると、首がメキリと軋み――神は悲鳴のような声を上げて大人しくなる。

「貴様が創った世界の仕組みは、既にあらかた理解している。魔族とはこの世界に芽吹いた生命に〝負荷〟を与える舞台装置なのだろう？　初めから倒されるためだけに存在している哀れな者たちだ」

返事はない。だが構わずに言葉を続ける。

「仮に魔族が勝った場合は、貴様の求める水準に至らなかったということになるのだろうな。それでも魔族に先はない。自らをも滅ぼして、世界は零に還る。そして貴様はまた新たな生命が誕生するのを待つというわけだ」

苦々しい口調で呟いた後、俺は皮肉げな笑みを浮かべた。

「だが、そこに俺という異物が現れた。滅ぶべきではない強き種族たちが死に絶え、さらに完全な魔族ではない俺は自壊することなく終わった世界に存在し続ける。これではやり直すことすらもできん」

　神の体を引きよせ、のっぺりとした顔を覗き込んで告げる。

「俺のことが邪魔なのだろう？　だから排除のために現れた。しかし俺の力はとうに世の理を超越している。貴様では俺を滅ぼすことなどできはしない。だが——」

　ここからが本題だった。

　神の首に鋭い爪を突き立て、痛みと苦しみを与えながら言う。

「条件次第では、消えてやっても構わん。配下たちの願いを叶えた以上、もう生き長らえる理由もないからな」

「ア——」

　神が呻く。

「要求は二つ。まずは魔族という種族の撤廃。そして……この終末を俺と共に最後まで戦い抜いた六魔臣に、次の世界にて〝新たなる生〟を」

　この時代で魔族は勝利した。ならば彼らには先を生きる権利があるはずだ。

「グ……」

　意味を為さぬ言葉しか発さない神に向けて宣告する。

「はい、とだけ答えろ。そうすれば俺との誓いは永遠の呪いとなって貴様を縛る。もし拒むのであれば——貴様もこの世界も、ここで終わりだ」

神の首を摑んだ手にギリギリと力を込め、俺は返事を待った。

俺の言葉には魔力が込められている。この会話自体が、神へ向けた呪縛に等しい。

しばらくすると神の口から、初めて意味のある言葉が零れ出る。

「……ハ、イ……」

「よし」

俺は頷いて神の体を乱雑に投げ飛ばした。

瘴気の海へと落ちていく神を眺めながら、俺は自身の胸に手を当てる。

最後の仕事は終わった。

もう俺にやるべきことは残っていない。

「六魔臣よ、ご苦労だった。次の世界では存分に〝生〟を全うするといい」

遠い未来で新たな生を得るはずの側近たちへ労いの言葉を告げ——俺は自身を炎で包み込み、塵も残さずに世界から消滅した。

第一章　魔王復活

1

深い海の底をたゆたっていた。

そこは世界の根源。数多の生命が還る場所。

本来であれば命を終えた者の魂はこの海に戻り、新たな命となって生まれ変わる。だが強靭すぎる俺の魂は、生命の海に溶けることはない。

その気になれば自分の意志でここから出て行くこともできたが、特にそうする理由もないので温かな海の中をたゆたい続ける。

心地のいい眠りだった。

いつまでもこうして眠っているつもりだった。

「お目覚めください——バルド・バルバトス。生きとし生けるものを滅ぼし、神すら屈服させた、暴虐の魔王よ」

けれど静かだった海に声が響き、〝何か〟の手が俺を掬い上げる。

――余計なことを。

眠りを妨げられたことに苛立ちと怒りの感情を抱く。

ただ、その手を振り払うのはやめておいた。

こんな世界の深奥に干渉できる存在は限られている。

ならばまずは〝理由〟を問い質さなければ。ここに戻ることなどいつでもできる。

「おぎゃあ！　おんぎゃあ！　おぎゃあ！」

響く赤ん坊の声。鼻を衝く動物と藁の匂い。

瞼を開けると、青い髪の女性が俺を見下ろしていた。

視線を動かして状況を把握。

ここは狭い馬小屋で、俺は女性に抱きかかえられている。つまり、この泣き喚く声の主は俺だった。

——これではロクに話もできないな。

赤ん坊の未熟な声帯は言葉を発するのに適していない。外に感情を発露させると、それが自動的に泣き声になってしまう。

——成長加速。

泣き声に魔力を乗せる。光が肉体を包み込み、溢れ出た膨大な魔力で俺を抱いていた女性が吹き飛ばされた。

だがそれには構わず肉体を一気に十代後半まで成長させる。手足が伸び、肉体の感覚がかつての自分に近づいて行く。

夜闇のごとき黒髪と引き締まった体軀。体の各所に刻まれた九つの紋章が輝き、膨大な魔力を循環させる。

「あ……あぁ……」

壁に激突した女性は、俺の姿を見て声を詰まらせていた。

——服ぐらいは着ておくか。

かつて配下たちに魔王らしい格好をすることも大事だと忠言されたのを思い出し、溢れ出る魔力の一部を衣服に変える。

形作るのは防御結界の機能も備えた漆黒の衣装。

この程度であれば、術式を編む必要もない。イメージするだけで魔力が自動的に現実を変質させる。

魔力とはあらゆる物、生命、現象の元となる純粋無垢なエネルギー。魔人である俺は誰よりも強大な魔力を持って生まれた。そう——神を凌ぐほどに。

衣服を纏った俺は、壁に背を預けて座り込んでいる女性に問いかける。

「どういうつもりだ、神よ」

一目で分かった。この女は受肉させ、誓約の呪いを刻み込んだ創造神。

当時は目鼻もない人形のような姿だったが、この忌々しい気配を忘れるはずもない。

「ああ——わたくしを覚えておいでなのですね……！」

すると女性……いや、女神は感極まった様子で声を震わせた。

「質問に答えろ」

声にわずかな魔力を込めて告げる。

すると言葉自体が重圧となり、女神の体を地面に押さえつけた。

ゴゴゴゴゴ——！

かなり力を抑えたつもりだったが、余波で大地が揺れて、粗末な馬小屋が軋む。

「んっ……ああんっ！　この暴力的な魔力——間違いなくわたくしを蹂躙したバルド様のもの……！」

だが何故か女神は嬉しそうに身を悶えさせる。

「おい」

苛立ってさらに重圧を強めた。床に亀裂が走り、地面の揺れは大きくなって天井からパラパラと藁が落ちてくるが、女神は怯えもせずに頬を火照らせ、夢うつつな様子で荒い息を吐く。

「あんっ……はぁ……はぁ……重い……だ、ダメですわ——そんなに強くされたら……わたくしが……わたくしの世界が壊れてしまいますぅ！」

「…………………………」

言葉とは裏腹に、彼女の表情には快楽の色しかない。

——な、何だこいつ。

困惑という感情を抱いたのは、魔人として生まれてから初めての経験だった。

——これがあの神だというのか？　それにこの揺れ……本当に壊れてしまいそうな〝脆さ〟だ。

地震が大きくなっていくのを感じて、俺は仕方なく重圧を解く。

「あ……ありがとうございます。界核が砕けてしまうところでしたわ……だけど……もう少しだけ続けて欲しかったような……」

どこか残念そうに潤んだ瞳を向けてくる女神。

「お前、痛めつけられて悦んでいるのか？」

俺は女神の反応が理解できず、眉根を寄せて問いかけた。

「ええ……恥ずかしながら、わたくしはドM女神なので」

「ドM女神」

思考が停止する中、その異様な単語を繰り返す。

「苦痛を受けて悦ぶ性癖の女神だということですわ」

女神は丁寧に、その意味を説明してくれた。

「……そうか」

「ああっ！　バルド様が蔑むような眼でわたくしを！　その視線も心地よいですが――こんな体にしたのはあなた様なのですわよ？」

自分の体を抱きしめて悶える女神は、俺を拗ねたような顔で見上げる。

「俺が？」

「わたくしに肉体を与え、苦痛と被虐の快楽を刻み込んだこと――お忘れですの？」

「確かに俺はお前を受肉させて脅迫したが……」

まさかそのせいで〝こんなこと〟になってしまったのか。

頭痛を覚え、俺は額を手で押さえた。

「あれはわたくしにとって、あまりに鮮烈な体験でした。高次の存在であるわたくしが、このような低俗な快楽に溺れるなどあってはならないことなのに……ダメだと思うほど体は求めて……ああ、わたくしはどこまで堕ちていくのでしょう……」

悲しんでいるかのような台詞だが、彼女の表情からは罪悪感に浸って悦んでいるような印象を受ける。

「まさかお前――痛めつけられたいがために、俺を呼び戻したのか？」

だとすれば苦痛を感じる暇もなく女神を滅し、すぐさま俺もこの世界から退散しよう。

そう決意するが……女神はそこでようやく真面目な顔で首を横に振った。

「いいえ、違いますわ。い、痛めつけていただけるのであれば嬉しいですけれど……それだけのためにバルド様を転生させたりはしません。というか、世界の危機になるようなことを神であるわたくしはできないのです」

「その言葉は矛盾しているように聞こえるが？」

ならばどうして俺はここにいるのか。その説明になっていない。

「はい——平時であれば、バルド様は存在するだけで世界の脅威になります。ですが今は状況が違うのです。バルド様の転生が世界を守ることになると、わたくしは神として判断いたしました」

「何だと？　いったいどういう……」

さらに質問を重ねようとした俺だったが、そこで異変に気付いた。

馬小屋の外から高速で接近してくる気配が一つ。

ドンッ！

爆音が轟き、小屋が吹き飛ぶ。

だが俺と近くにいた女神には、そよ風すら届かない。俺から漏れ出る魔力が、自動的に強力な障壁として機能したのだ。

煙が晴れると、頭上に青空が広がる。

俺たちがいたのは村外れにある馬小屋だったらしく、周囲には畑が広がり——遠くに建物が立ち並んでいるのが見えた。

だが村の各所からは煙が上がり——俺の眼前には、巨大な怪物の姿があった。

キチキチキチキチ……。

〝それ〟が動くと耳障りな音が響く。

その怪物は蟲を巨大化させたかのような姿で、背中には半分開いた透明な羽があり、複数ある前腕部は鎌のように鋭く尖っている。

「魔族……ではないな」

俺の知る限り、昆虫に類似した姿の魔族はいなかった。それに俺との制約により、神は魔族という役割を撤廃したはず。

「バルド様！　それは異世界から来た魔物ですわ！　わたくしの世界はこの者たちに侵攻を受けていますの！」

女神は巨大な蟲を指差して言う。

「異世界の魔物、か」

世界の外側から来襲した敵……ならば俺が知らないのも当然だろう。

魔物は赤い複眼でこちらを見据えると、両腕の鎌を振りかざして襲い掛かってきた。

「煩わしい」

わずかな敵意を込めて呟く。

パンッ！

それだけで魔物の体は風船が割れるように弾け飛んだ。

パラパラと降ってくる魔物の残骸も、俺に触れる前に蒸発する。

その余波により地面に大きな亀裂が走り、またもや足元が震動を始めた。

「さ、さすがですわ！　けれどお心を静めてくださりませんと、この世界の方がもちませせん！」

焦る女神の声を聞き、俺はほんの少し表に出しただけの敵意を収める。

するとすぐに揺れは収まったが、地面はあちこちが隆起して周辺の畑は滅茶苦茶になっていた。

――やはり脆い。いや……それだけではないな。俺自身の力も増大している。勇者や精霊共の封印がないせいか……。

かつての人界軍はあらゆる手を使って俺の力を削ぎに来た。聖処女の祝福や大精霊の結界、勇者の剣による浄化――そうしたものがなくなったため、俺は本来の力を取り戻したのだろう。

「女神、もしやこのような羽虫の駆除を俺にやらせるつもりか？」

感情は表に出さず、平坦な声で問いかける。

「はい――この世界は危機に瀕しています。このままではいずれ滅ぼされてしまうでしょう。ですからどうかお力を貸してください！」

「断る」

即答する。考えるまでもない。

「俺は魔王。世界を滅ぼしこそすれ、救う理由など微塵もない」

そう突き放すが、女神は退かずに言葉を重ねてくる。

「この時代に、転生したあなたの側近たちがいると言ってもですか？」

「──何？」

それは聞き捨てならない台詞だった。

「約束通り、わたくしはあなたの配下である六魔臣を転生させました……新たな文明がある程度発展し、平和が長く続いていたこの時代に。もちろん滅びを望む魔族としてではなく、未来を欲する生命──人間として」

女神は俺の目を見て言葉を続ける。

「異世界の侵攻が起こったのは、その直後です。調和の取れていた世界の理を変え、さらに魔族の魂を人間に転生させるという例外処理を行ったことにより、この世界は不完全で不安定なものになっていました。そうした隙を突かれてしまったのでしょう」

──この世界がやけに脆く感じるのはそれが理由か。

俺は胸の内でそう考える。

世界の仕組みが大きく変わったせいで、〝外〟から攻め入られる隙が生まれたということらしい。

「つまり俺のせいでもあると言いたいわけだな？」

いい度胸だと俺は女神を睨む。

「あうっ……バルド様がわたくしに射貫くような視線を――体が熱くなってしまいます……！」

だが身悶える女神を見て、脅す気力もなくなる。

「もういい――全く、神ともあろう者がずいぶん小賢しい駆け引きをするものだ」

「……お褒めいただき光栄ですわ。バルド様のおかげで、わたくしはとても卑しい女神に堕ちてしまいましたの」

俺の皮肉にも笑顔で応えた女神は、俺に手を差し出す。

「さあ、あなた様の大切な配下を救いに参りましょう。彼女たちは今、異世界の魔物と最前線で戦う立場にあります」

「最前線だと？」

俺の疑問に頷き、彼女はこう続ける。

「ええ、何故なら彼女たちは――この時代における〝勇者〟なのですから」

2

転生を経ても配下たちの気配を見つけることは容易かった。

女神を連れてその付近に転移した俺は、高い壁に囲われた都市を目にする。

俺が立つ場所は小高い丘になっていて、街を一望できた。八角形に連なる外壁に守られた街の中には、白い塔を中心として整然と建物が並んでいる。

「ここは……第2学院都市テュロスですわね。この時代の人間たちが異世界の魔物と戦うために造り上げた拠点の一つ――大勢の勇者たちが集う街ですわ」

女神は辺りを見回した後、俺にそんな説明をする。

「大勢の勇者たち、か。あのような者が複数いるのなら、外敵など追い払えそうなものだが」

かつての戦いを思い出して言う。

人界軍は手強かったが、その中でも勇者と呼ばれていた存在は規格外。

精霊と聖竜の守護、聖処女とエルフの女王の祝福、聖剣と神盾の加護――未来を望む者たちの力を結集させた勇者は、魔族にとって最大の障害だった。

「残念ですが……バルド様、魔族がいなければ真なる勇者も生まれないのです。この時代における勇者とは、こうした学院都市で教練を受けて魔物退治を行う者たちの総称ですわ」

　女神の言葉に俺は息を吐く。

「これも魔族を撤廃した影響というわけか。神であればもう少し上手くやって欲しいものだ」

「う……その呆れ混じりの表情にもゾクゾクいたしますが——わたくしも頑張ったんですのよ？　何しろ勇者を育成する学院都市という機構は、わたくしが作ったものなのですから」

　たじろぎつつも女神は反論してきた。

「お前が？」

「はい。今のわたくしは不安定な世界を維持するのに手一杯で、まともに権能を使えません。ですので人間の中に紛れ、〝聖女エウロパ〟として皆を導いていますの」

「エウロパ……それがお前の名か」

　神にも名があるのかと、その部分にだけ興味を引かれる。

「ええ。エウロパ・フォースピラーというのが正式な名称です。異世界の魔物に対抗する人類最初の拠点——第0学院都市アルゴスの学長でもありますわ。ただ……アルゴスは魔物に襲撃されて……必死に落ち延びた先でバルド様を転生させましたの」

女神――エウロパは暗い表情で事情を語る。

ということは先ほどまでいた村は第０学院都市からさほど遠くない場所にあったのだろう。

「ならばこの街も同じ末路を辿る可能性があるわけだな。そのような場所で勇者として戦うなど……どういうつもりだ？　転生した六魔臣は全てを忘れて無垢な人間として生きているのか？」

エウロパに問いかけると、彼女は困った顔になる。

「それはわたくしにも分かりません。魔族から人間への転生など初めてのことですし……ただ少なくとも勇者として活躍している以上、魔族のような振る舞いはしていないと思いますわ」

「では直接確かめるしかないか」

俺はそう呟き、エウロパと共に都市の中に転移した。

そこは都市中央の塔を囲む広場。噴水やベンチがあり、多くの人々が行き交っていたが……突然現れた俺とエウロパを見て、ぎょっとした顔で硬直する。

「な、何だ？　いったいどこから――」

「誰……この人たち？」

「あの女の人……もしかして聖女様じゃ……」

ざわめく人々を見て、俺は眉根を寄せる。

――転移魔術を使ったという発想がないのか？　新たな世界での魔術はまだ第七階梯にも到達していないようだな。

あのような魔物にも苦戦するはずだと思いつつ、辺りを観察する。

周囲にいる人間は皆若く、統一感のある服装をしていた。勇者は学院で教練を受けると聞いたが――ここにいる全員がそうだというのだろうか。

だが今はそんなことよりも……。

改めて気配を探ると、近くに配下たちがいることが分かる。

銀狼プラウドと黒竜グリドラ。

両者ともかつては強大な力を持っていた魔族だ。

銀狼は常に俺の傍に付き従い、群がってくる者たちを蹂躙する直属護衛。柔らかで強靱な銀色の毛並みは俺の寝床代わりでもあり、最も長く共にいた配下といえる。

かつての戦いでも最後まで生き残ったが、勇者の聖剣を噛み砕いた際に致命的な傷を負って息絶えた。

黒竜は魔王軍を守る結界を展開する〝盾〟であり、一旦攻勢に転じれば何もかもを奪い尽くす戦力の要。だが勇者を守護する聖竜エクスドグマとの戦いで力を使い果たし――その体は石と化した。

――あの者たちが人間に転生か。

自分で要求したことではあるが、いまいち想像ができない。

大きく強靱な魔族だった彼らは、いったいどのような人間になったのか。

もしも俺のことを覚えているのであれば……。

「来い」

彼らの魔力に波長を合わせて、短く告げる。

これでどこにいようと俺の声は届くはずだった。

しかし前世の記憶がなければ、聞こえても戸惑うだけだろう。それならそれで別に構わない。彼らの新たな生を邪魔するつもりはないので、異世界の魔物についてはこちらで勝手に始末をつけよう。

そう考える俺だったが――二つの気配が猛スピードで近づいてくるのを感じ、杞憂であたことを悟る。

一つは白い塔の最上階付近から飛び降り、もう一つの気配は外壁の方から向かってきた。

ドンッ！

俺が号令を発してから五秒足らず。

土煙を上げて、二つの影が俺の前に降り立った。

その姿を見て、周囲にいた者たちがどよめく。

「輝石(ジュエル)の勇者よ――！」

「美しい……ダイヤモンドとオニキス……何度見てもその称号に相応(ふさわ)しい方たちだ……」

「あれ？　でも上位クラスの学院生は講義や実習の時間じゃなかった？」

「ひょっとして、あの怪しい黒ずくめの人を取り押さえに来たのかしら」

そんな声が聞こえてくるが、俺の前にいる二人は一切反応しない。


「「バルド様、お待ちしていました」」

そして彼女らは片膝を突き、恭(うやうや)しく頭(こうべ)を垂れた。

周りの野次馬がさらにざわめくが、俺も彼らのことは眼中にない。

「…………見違えたな。それでも俺のことは覚えていたか」

二人の配下だけを見つめて言う。

人間になっていることは分かっていたのに、俺は驚きの感情を抱いていた。

巨大で強靱な魔族だった二人が……あまりにも美しい少女の姿になっていたから。

年齢は今の俺の外見より少し下――十五、六才といったところ。周りにいる人間たちと同じく、モノトーンを基調としたシンプルなデザインの服を身に着けている。

「もちろんです！　バルド様のことを忘れたりはしないのです！」

顔を上げて答えるのは、銀髪に銀の瞳の少女。狼の耳と尻尾を思わせるアクセサリーを着けているのは、前世の影響だろうか。

「お前は、銀狼プラウドか」

俺の問いに彼女は頷く。

「はい！　人間として生まれた時につけられた名前はルルナなので、今はルルナ・プラウドと名乗っています！　どうぞルルナとお呼びください！」

そう言うと彼女――ルルナは堪え切れないという様子で俺に飛びついてきた。

野次馬どもがまたもやざわめく。

「ずっと……ずっと待っていたのです！　バルド様なら絶対に迎えに来てくれると思って

ました！」

顔を摺り寄せ、ルルナは小さな舌で頬をペロペロ舐めてくる。

「む――」

何だこれは。また知らない感情だ。

銀狼プラウドも親愛の証として大きな舌で俺を舐めてくることがあった。

その時は顔が濡れるのをただ我慢していたのだが、今は何故か不快感が全くない。

自身の変化に眉根を寄せていると、騒がしかったギャラリーが静かになっていることに気付く。

見れば近くにいた者たちは皆泡を吹いて失神していた。

ゴゴゴゴゴ――。

さらに地面がまた揺れ始める。

このままでは世界に亀裂が走り、あの女神も騒ぎ出すだろう。

俺は自身の変化を不思議に思いつつも、適切な術式を素早く組み上げる。

「魔王封印」

小さな声で呪文を唱えると、溢れ出ていた魔力は一気に体の奥底に仕舞い込まれた。

転生してから初めてのまともな魔術行使。さすがに高位の術式だと、最低限の詠唱は必要だ。

これはかつて勇者たちが俺の力を削(そ)ぐために用いた封印術式を、簡易的に再現したもの。

こうしておけば、世界への影響はある程度抑えられるだろう。

うるさかった外野も気絶したので、落ち着いて話すことができそうだ。

「バルド様バルド様バルド様～！」

あとの問題は俺に纏(まと)わり付くルルナだけ。

不快ではないのだが、妙に落ち着かない。

ただ強引に引き離すのは、親愛を示している彼女の行為を拒絶しているように思えて躊躇(ちゅうちょ)する。

俺は配下たちのために、前の世界を滅ぼした。

共に戦う間に、俺にとって彼らは特別な存在になっていたから。

悲しくも、強く眩(まぶ)しい命。

滅びに向かって突き進む彼らの〝生〟に俺は魅(み)せられた。

だからこそ、その結末を変えたくなった。

人間として新たな生を手にした彼らが何を望み、どこへ辿り着くのか。

俺はそれを見届けたい。

顔を舐めたいのなら、いくらでも舐めさせてやろう。

六魔臣の願いに応える——それがたぶん、今も昔も変わらぬ俺の唯一の行動原理なのだから。

「……落ち着いて」

だがそこでもう一人の転生した配下——黒髪の少女が、後ろからルルナを引きはがした。

「きゃうん⁉　ちょっとリド！　何するの⁉」

「バルド様……困ってる。時と場所を弁えて」

リドと呼ばれた少女は、尻餅をついたルルナを冷たい瞳で見下ろす。ルルナと同じ服装だが、その上から黒い軽装の鎧を身に着け、頭には竜の角を思わせる飾りがついた冠を被っていた。

「黒竜グリドラだな」

俺が確認すると、彼女は頷く。

「はい……今生の名はリド・グリドラ。バルド様……お顔を」

そう言ってリドはハンカチを取り出し、ルルナに舐められた俺の頬を拭う。

「これで……綺麗。やっぱりバルド様は……この世界のどんなものよりも輝いてる……」

溜息を吐いて俺の顔をまじまじと見つめるリド。

黒竜の姿だった時から俺に対しては過保護な部分があったが、こうしてそれを言葉にされたのは初めてだ。

また心がざわつく。

自分で魔力を封じていなければ、再び大地を鳴動させていたかもしれない。

「前世――魔族だった時と、同じ眼差しだ」

俺が呟くと、リドは大きく頷く。

「はい、リドは何も変わっていません。バルド様の忠実な配下のまま……」

「もちろんルルナもですよ！」

立ちあがったルルナも手を挙げて同意した。

「変わっていない……か。だが――」

魔族ではなくなった以上、自他の滅亡を望む本能はなくなっているはず。それに口調や性格も人間の少女という器に引き摺られている節がある。

――いや、自覚がない可能性もある。下手に追及せず様子を見るべきか。

ちらりと後ろに黙って控えているエウロパを見てから口を噤んだ。神ですら魔族から人間の転生がどのような影響をもたらすか把握していない。もし俺の言葉で魔族の本能を呼び覚ましてしまったら、転生させたことが無駄になってしまう。

俺はどのような形であれ、彼女たちに〝未来〟を与えてやりたいのだ。

そんなことを考えていると、ルルナとリドは熱を帯びた視線を俺に向けてくる。

「バルド様――ついに時が来たのですね！」

「リドは……信じて、待っていました」

「時、だと？」

俺が眉根を寄せると、二人は同時に頷く。

「バルド様は、異世界の魔物と――それを率いる〝偽りの魔王〟を滅ぼすために現れたのですよね？」

「そしてバルド様こそが……この世界を支配する。そのためにリドたちを尖兵（せんぺい）として、この新たな世界に送り込んだのでしょう？」

――ん？

ルルナとリドの問いかけで、俺は二人の認識に大きな誤解があることに気付く。

「わたし……前世では最後までバルド様のお供ができなくて、とっても悔しかったのです。だから今回こそは頑張って、前以上にお役に立ちます！　その機会を与えてくれてありがとうございます！」

ルルナは悔恨の滲（にじ）む表情で呟いてから、俺に感謝を述べる。

「リドも……嬉しいです。こんな体になって最初は驚いたけど……すぐにバルド様が転生させてくれたのだろうと思い至りました。また、使ってくれるのなら……今度は絶対に砕けない〝盾〟になります」

既に覚悟は決まっているという顔でリドは自分の胸を叩いた。

──誤解を解くのは容易いが、それでは転生してからの努力を無為にしてしまうな。

彼女たちがせっかく手に入れた〝人生〟の──大切な時間の価値を貶めるわけにはいかない。

「ふ──よくぞ俺の目論見に気付き、馳せ参じてくれた」

二人の思い込みを肯定した方が良さそうだと判断し、俺は頷く。

何よりリドは先ほど〝世界を支配する〟と言ったのだ。

敵対勢力の殲滅という点は前世と同じだが、その先に当然のごとく〝生〟を望んでいる。

それは俺にとって……非常に喜ばしいことだった。

彼女たちには人間として普通の生活を送ってほしいが、まずは異世界の魔物を駆逐しなければならない。

ついでに世界を支配すれば、彼女たちにより理想的な環境を提供できるだろう。

「ルルナ、リド、再び共に行こう。この世界では俺の力はあまりに強大過ぎるため、お前たちの手を借りる必要がある」

方針は決まった。

彼女たちの願いを実現させた上で、各々に〝望む未来〟を紡いでいってもらうのだ。

そこには俺が見たかった景色が必ずあるはず――。

「はいです！」

「どこまでもお供いたします」

ルルナとリドは目を輝かせ、大きく頷いた。

『エウロパ、分かったな？　話を合わせろ』

視線を女神に向けて、念話で釘を刺しておく。

『分かりましたわ。では――』

頷いたエウロパはおもむろに前へ進み出た。

「はじめまして――輝石の勇者様方。わたくしはエウロパ。顔を合わせたことはありませんが、恐らく名前はお互いに知っていますわよね？」

その言葉にルルナとリドは驚きの表情を浮かべる。

「聖女エウロパ⁉　第０学院都市の……？」

「どうして聖女がここに……もしバルド様の覇道を邪魔するつもりなら――」

ルルナは声を裏返らせ、リドは言葉に殺気を滲ませた。

「邪魔などしません。その逆です。既にわたくしはバルド様の下僕。この世界の覇者となるバルド様を補助するため、全力で働かせていただきますわ」

優雅に一礼するエウロパ。

ルルナとリドはしばし唖然としてから、俺に視線を戻した。

「すごいのです！　あの聖女を従えているなんて、さすがはバルド様です！」

無邪気に喜ぶルルナ。

「駒としては……最上。ということは、この先の道筋も考えておられるのですね」

リドは感心した声で呟き、俺に確認を求めてくる。

「——ああ、当然だ」

何をするかは後で考えればいいと思い、適当に頷いておく。

だがエウロパがそこで勝手に話を進め始めた。

「第0学院都市が陥落したのは、お二人ともご存じですね？」

エウロパの問いにルルナとリドは頷く。

「聞いているのです。援軍として派遣される予定でしたが——準備に手間取って間に合いませんでした」

「今朝の会議で第0学院都市の放棄が決定した。奪還しようにも……新たにできた〝門〟が近すぎる」

二人の言葉にエウロパは苦笑を浮かべる。

「やはりそうですか……確かに普通に考えれば第0学院都市のことは諦めるのが賢明ですわね。しかし──バルド様がいれば不可能も可能になりますわ」

「何が言いたいのです？」

ルルナが眉根を寄せて問いかけた。

「わたくしは今ここで学長の座をバルド様に譲渡いたします。そして第0学院都市を取り戻していただき、世界を制するための最初の拠点といたしましょう」

エウロパは笑顔で答える。

──こいつ。

話を合わせろとは言ったが、勝手に道筋を作られるのは気に喰わない。しかし止めようにも配下たちは既にやる気になっていた。

「バルド様が学長に……！　それは確かに世界征服への第一歩です！」

「この世界の実権は、各学院都市が握っている……その一つを手中に収める意味は大きい」

ルルナとリドは真剣な表情になって、俺を見つめる。
「早速行きましょう！　バルド様、お供いたします！　ルルナの活躍を見ていてくださ
い！」
「リドも……一緒に行きます」
そんな二人を見て、俺は小さく息を吐く。
エウロパに誘導されている感はあるが、それが世界支配の近道であり、配下たちも乗り
気であるならば――乗っておくべきか。
――悠長なことをしていると人間が滅びかねんしな。
それほどまでにこの世界の現状は危うい。
ただ――配下たちが〝人間として幸福な人生〟を送れる世界にするとなると、壊すだけ
でよかった前回より手間がかかる。
一先ずエウロパが示した道を地道に進むとしよう。
「そうだな。では向かうとするか」
俺は頷き、元の場所へ転移しようとするが――そこで傍の塔の入り口から騒がしい声が
聞こえてきた。
「おい！　いったいこれはどういうことだ!?」

声を荒らげながら現れたのは、頭が禿げ上がった恰幅のいい壮年の男。

俺の周りで気絶している者たちより大分年上で、服装も装飾が多く豪華だ。

「ヒュラス学長、お待ちください！　危険です！」

彼の後ろからも三、四十代ぐらいの男性たちが姿を見せ、さらに武装した兵士たちが俺たちを取り囲む。

「うるさい！　儂は輝石の勇者たちに訊ねておるのだ！　これだけの学院生が倒れているというのに、どうしてその闖入者を拘束しない？」

広場に倒れ伏す者を示してから、ヒュラスと呼ばれた男は唾を飛ばして叫んだ。

学長ということは、彼がこの第2学院都市の最高責任者なのだろう。

「闖入者？　何を言っているのです？　この方は第0学院都市の学長――バルド・バルバトス様ですよ？　そして隣におられるのは聖女エウロパ様です。拘束する理由はないと思いますが」

ルルナがそちらを見て答える。俺と話していた時は能天気な感じだった口調は、今は硬く凍り付いていた。

「第0学院都市の学長？　それにエウロパだと――アルゴスの陥落と共に死んだはずでは……」

困惑するヒュラスだったが、近くでエウロパの顔を確認して言葉を失う。

「ご無沙汰しておりますわね、ヒュラス学長。事後報告になりますが、わたくしは彼に学長の座を譲りましたの。そして今から第0学院都市の奪還に向かうところですわ」

エウロパは俺を示して笑顔で答える。

「学長を譲った……？　都市の奪還……？　そんなふざけたことを――」

「冗談を言ったつもりはありません。バルド様はそれだけの器と力を持つお方です。ここに倒れている方々は、彼のあまりに強い力に当てられて気を失ってしまったのですわ」

怒鳴ろうとするヒュラスを制してエウロパは告げた。

そこでリドが一歩前に出て言う。

「リドとルルナは……バルド様の学院に移る。そういうことで、よろしく」

「なっ……」

絶句したヒュラスは、顔を真っ赤にして叫ぶ。

「ならん！　それだけはならん！　放棄が決定した第0学院都市についてはもはやどうでもいいが……お前たちは儂の――第2学院都市のものだ！」

ここまで俺は彼らの話を黙って聞いていた。特に会話する必要を感じなかったから。けれど――今の言葉だけは聞き流すことはできない。

「この二人が、貴様のものだと？」

意識せずとも声に怒りが滲む。

極限まで抑え込んでいた魔力が僅かに溢れ、俺の声に乗って大気を震わせた。

ドンッ！

周囲にいた兵士たちが言葉の〝圧〟で吹き飛ばされ、塔の外壁に亀裂が走る。

ヒュラスの周囲にいた男たちは昏倒し、バタバタと糸が切れた人形のように倒れ伏した。

「う……あ……」

辛うじて立っているのは、顔を蒼白にしたヒュラスだけ。

配下の二人と女神を除けば、彼はこの場でそれなりに大きな魔力を持っていたらしい。

「ぐう……が……かはっ……げほっ！　お、お前……何をした？」

彼は胸を押さえて咳き込み、俺に怯えた目を向ける。

だがその質問は無視して俺は告げた。

「ルルナ・プラウドとリド・グリドラは、決して貴様のものではない。二度とそのような妄言を吐くな」

怒りのまま消し去ってしまおうかとも思ったが、配下たちのために人間の世界を支配するのなら、権力者は簡単に処分するべきではないだろう。

言葉に魔力を乗せた〝呪い〟も、脆弱な人間だと耐えられず死んでしまうので、これは単なる忠告だ。

「っ……舐めおって……儂は数多の勇者を擁する学院の長――炎の魔術を極めた〝赤の導師〟だぞ……！　お前などの言葉に従うものか！」

絞り出すように叫んだヒュラスは、腕を天に掲げる。

「炎譜・第六階梯――火竜轟！」

彼が魔術を唱えると、空に渦巻く炎が出現した。それは火竜のごとくトグロを巻き、そのアギトを俺に向ける。

「見よ！　これがこの世界で儂だけが使える炎系統最高位の魔術だ！　格の違いが分かるか？　お前の方こそ学長になるなどという妄言を撤回し、今すぐこの場から失せよ。そうすれば命だけは助けてやる」

ヒュラスは誇らしげに炎の竜を示して、俺を脅迫した。

「なるほど。力を示せば、認めるということか」

ならば分かりやすく、力の差を見せてやることにしよう。

「炎譜・第一階梯──火鼠(ウィスプ)」

本来なら詠唱など必要のない最低位の魔術を発動させる。

途端──世界が眩(まばゆ)く輝いた。

辺りの気温が一気に上昇し、熱された大気が揺らぐ。

天を赤く輝く炎の塊が覆い尽くしていた。

「は……？」

ヒュラスは頭上に現れた巨大な火球を──まるで太陽のような丸い火鼠(ウィスプ)を見て、間の抜けた声を漏らす。

彼が顕現させた炎の竜は火鼠(ウィスプ)の体に触れると、輪郭を崩壊させて俺の太陽に吸収された。

「これが……第一階梯の火鼠(ウィスプ)？」

掠(かす)れた声で呟(つぶや)くヒュラス。

「ああ、術者の魔力量に応じて魔術の威力や規模は変わる。これで格の違いは理解できたか？」

「…………」

もはや彼は言葉もないが、今後の面倒事を避けるためにここは言質(げんち)を取っておきたい。

「俺は第0学院都市の新たな学長として、ルルナ・プラウドとリド・グリドラを連れて行く。文句はないな？」

ヒュラスの目を見つめ、問いかける。

びくりと彼は体を竦めた後、か細い声で答えた。

「は、い……」

「よし──では行くぞ」

火鼠を消した俺は身を翻し、転移の術式を発動させる。

「な、何を……」

後ろからヒュラスの困惑した声が聞こえていたが、もう言葉を交わす必要はないので振り向きはしなかった。

周囲の風景が歪み、俺は自分が転生した馬小屋の跡地に降り立つ。

「わっ……さすがはバルド様です！　この世界でも転移の魔術が使えるのですね！」

一緒に転移したルナは一変した風景を見て歓声を上げた。

「ここは……辺境の村？　襲われた後みたいだけど……」

リドは魔物によって荒らされた畑や、燻った煙が立ち昇る家を見て呟く。

「第０学院都市の近くにある村ですわ。ここでわたくしはバルド様と出会って、魔物から助けてもらいましたの」

エウロパは自分が女神であることを隠した上で、嘘のない答えを返す。転生を俺の仕業ということにしたので、彼女は今後女神でなく聖女エウロパとして扱うべきだろう。

ただそんなことよりも今気になることをルルナが言っていた。

「ルルナ、お前は転移魔術が使えないのか？　前世では問題なく行使できたはずだが」

俺が問いかけると、彼女は申し訳なさそうに頷く。

「はい……人間の体では第七階梯以上の魔術は使えないみたいなのです。先ほどのバルド様みたいに低位の魔術の威力を上げることならできるのですが……」

「そうか――お前たちの力が衰えているようには見えないが、そういったこともあるか」

頷くものの、内心では疑問を抱く。

彼女らの魂と、そこに宿る魔力は前世の輝きを失っていない。やりようによっては力を引き出すことも可能に思えた。ただその結果、魔族に戻ってしまっては本末転倒。ここは余計なことは言わないでおくことにする。

「では現在のお前たちの実力は、この世界においてどの程度のものだ？　異世界から来る魔物の侵攻を食い止められてはいないようだが」

これから第０学院都市を奪還するに当たって、これは聞いておかねばならない。

ルルナとリドは顔を見合わせた後、順番に答える。

「この時代の人間は正直言ってすごく弱いのです。目立ちすぎないように力を抑えても、〝輝石（ジュエル）の勇者〟という最高位の称号を与えられてしまいました。学長の中には特別な力を持っている者もいるのではっきりとは言えないのですけれど——基本的にルルナやリドが現状の最高戦力と考えていいと思います」

自分の胸に手を当ててルルナは言う。

「学院の勇者の階級は〝輝石（ジュエル）〟、〝鉱石（メタル）〟、〝原石（ストーン）〟という風に分けられていますが、今のところリドも自分より強い人間に会ったことがありません。実力のある〝鉱石（メタル）の勇者〟でも……騎士（ナイト）級になんとか勝てるぐらいだから……」

呆（あき）れた表情で溜息（ためいき）を吐（つ）くリド。

「騎士（ナイト）級？」

それは初めて聞く単語だったので説明を求める。

「異世界の魔物にも等級があって……一番下は兵士（ポーン）級、その次に強いのが騎士（ナイト）級と呼ばれています。この辺りがリドたち以外の勇者でも単独で対応できる範囲です。けれど攻撃に特化した僧正（ビショップ）級や、守りの固い城壁（ルーク）級になると、集団で戦う必要がでてきます。もちろんリドやルルナなら一人でも勝てますが——あちらが複数だと少し面倒ですね」

これまでの戦いを思い返しているのか、リドは少し苦い表情を浮かべる。

「その様子では、さらに上の等級もあるのだろう？」

　俺が促すと、ルルナは頷いた。

「はい。たくさんの魔物を統率する女王級（クイーン）というのがいて、他とは格が違うのです。数百人規模の勇者を編成した討伐軍じゃないと戦いになりません。わたしも……この人間の体では、一対一で勝つのは難しいのです」

　続いてリドも言う。

「さらに……見たことはないですが、十年前に王都を壊滅させた魔王級（キング）と呼ばれる魔物もいます。バルド様を差し置いて〝魔王〟などと……忌々（いまいま）しい限りです」

　怒りを滲ませるリドの頭にポンと手を置いて、俺は落ち着かせるように告げた。

「安心しろ、どのような者であろうと俺が滅ぼす。エウロパ――第０学院都市を襲った魔物の中に女王級（クイーン）とやらはいるか？」

　俺の問いにエウロパは首肯する。

「はい、一体。そうでなければ負けはしませんでした」

「分かった。ならば女王級（クイーン）は俺が始末しよう。後はお前たちで何とかなるはずだ」

　僧正級（ビショップ）や城壁級（ルーク）には苦戦はするが負けないと言っていたので、単独で挑まなければ問題ないだろう。

「は、はい……リドたちに任せてください」

リドは顔を赤くし、嬉しそうに頷いた。

「もちろんです！　絶対負けません！」

ルルナも気合十分な様子だ。もし狼の姿であったなら、大きく尻尾を振っていたはずだ。

「ああ。雑魚にまで力を振るっていては、世界の方が先に砕けてしまう。お前たちの力が必要だ」

俺は頷いて北の方に目を向ける。

「あちらから大きな魔力の気配を感じるな」

「ええ、そこが第０学院都市アルゴスですわ」

俺の呟きにエウロパが答えた。

「ならば──あの辺りがいいか」

俺は北に見える山の中腹に視線を移す。

ただ〝そこへ行く〟──そう念じるだけで、本来は第七階梯に相当する魔術が自動的に発動し、近くにいたルルナとリド、エウロパと共に俺たちを転移させた。

視界が切り替わり、眼下に広大な平原が広がる。

高い山の中腹にある切り立った崖の上――そこに降り立った俺は、冷たい風を頬に感じつつ、平原の只中にある城塞都市を眺めた。

先ほど見た第2学院都市テュロスと基本的な形状は似ている。大きく高い壁が街を囲い、中に整然と建物が並んでいた。

ただ中央にあるのは塔ではなく、大聖堂を思わせる荘厳な建物だ。聖女が学長を務める都市であるためかもしれない。

しかし今はその大聖堂も屋根の一部が砕け、街のあちこちから煙が立ち昇っている。俺の目であれば、街の各所で蟲に似た魔物が徘徊しているのも見て取れた。

「あれがアルゴスか」

俺がそう言うと、エウロパは頷く。

「そうです。二週間前、突如として街の近くに異世界へ通じる〝門〟が開きました。わたくしと学院の勇者たちは懸命に戦い、援軍を待ちましたが……間に合わず、街を放棄して逃げるしかなくなったのです」

溜息を吐くエウロパ。

俺は街にほど近い場所にある〝穴〟を見る。

それは大地に刻まれた亀裂に見えたが、輪郭は赤黒く――内側は俺の目でも見通せない闇に満ちていた。そしてその周囲にはおびただしい数の魔物たちが飛び回り、亀裂を守るようにして一際大きな魔物が鎮座している。

全身が黒い外殻で覆われ、あちこちにするどい突起がある攻撃的なフォルム。頭部にある三本の角は特に長く大きく、角の間でバチバチと電光が瞬いている。

「女王級……！　それに魔物もあんなに――」

ルルナが驚きの声を上げた。

「確かに……あれは撤退するしかない。複数の学院都市が協力しないといけない状況……なのに第2学院都市は援軍を出し渋って……そのせいで他の都市と連携ができなかった。やっぱりヒュラス学長は無能」

リドも顔を顰めて溜息を吐く。

「バルド様、あの巨大な魔物こそが女王級です。女王級の尾は〝門〟の向こうに繋がっていて、異世界との接続を維持する役目も担っているのですわ」

エウロパの説明を聞いて俺は口を開く。

「つまり〝門〟を閉じるには女王級を倒せばいいというわけだな。こちらから向こうに攻め入ることはできないのか？」

魔物が異世界から来るのならば元を断てばいい。それは至極当然の発想だ。

「……向こう側に行って、帰ってきた者はおりません。今、分かっているのはそれだけですわ」

エウロパが答えると、ルルナとリドが慌てた様子で俺に言う。

「ば、バルド様！　バルド様ならどこへ行っても大丈夫だとは思うのですが、試すのは止めてほしいのです！　もしバルド様が戻ってこられなくなったら……せっかくまた会えたのに……」

今にも泣きそうな顔で引き留めるルルナ。

「リドも……バルド様には、行ってほしくないです。お願いします」

リドも必死な口調で言い、俺の服の端を摘まむ。

「――分かった。〝門〟の向こうへ行くのは止めておこう」

配下たちにここまで言われてしまっては、応じる他ない。

俺はあくまで彼女たちのために行動しているのであって、異世界の魔物を根絶することは手段でしかないのだから。

「あ、ありがとうなのです……」

心底ほっとした様子でルルナは胸を撫で下ろす。

「では早速、あの女王級を消してしまおうか」

俺は〝門〟と女王級のいる方へ手を翳した。

――世界が耐えられる範囲で振るえる力の限度を見極めておく必要もある。ちょうどいい実験台だ。

恐らく今の俺の力は、かつての千倍以上。それを自身の封印魔術で抑え込んでいるが、まだ前世より力が満ちている。加えて世界の方は以前よりもかなり脆い。

転移や封印の魔術のように自身に向けた魔術行使なら問題ないが、敵意や情動など〝外へ向かう意思〟に魔力が乗ると、それだけで世界を揺るがしてしまう。

当然、攻撃魔術も世界に対して大きな影響を与えてしまうはずだ。

――だが先ほど使った第一階梯の魔術では、地鳴りは起きなかった。

今の力を抑えた状態であれば、もう少し上の階梯を使っても大丈夫かもしれない。

女王級は幸い街の外にいるので、辺りを丸ごと焼き払うだけで済む。

「炎譜・第三階梯――火狼輪」

無詠唱では力加減ができないので、口頭で階梯を指定して魔術を発動させる。

カッ――と〝門〟を中心とした大地が眩く輝いた。

魔物の軍勢と、その女王を取り囲む炎の円環。

それは猛々しく燃え上がり、大きく口を開けた狼の頭を連想させる形状で、内側にいる魔物たちを勢いよく呑み込んだ。

ゴゴゴゴゴゴ――――！

辺りに地鳴りが響き始める。どうやら第三階梯の魔術でも世界を軋ませてしまうようだ。

「ギィィィィイ――――ッ‼」

地鳴りに混じって金属音に似た絶叫が聞こえてきた。

炎に炙られた女王級が悶え苦しんでいるのだ。他の魔物は魔術が発動した瞬間に燃え尽きている。

「ほう、俺に気付いたか」

女王が角をこちらに向けたのを見て、俺は口の端を歪めた。

耐久力だけでなく、感知能力も高いらしい。

三本の角の間で瞬いていた光が大きくなり、炎の中から俺に放たれようとする。

ドンッ！

だが女王級が放った光は、火の壁を貫くことができず――炎獄の中で霧散した。

「攻撃力は高位精霊並み、耐久力は竜族と同等といったところか。配下たちが本来の力を振るえるならまだしも……人間の体では難しい相手かもしれんな」

女王級の力を見極めて、俺は呟く。

地鳴りはさらに大きくなっているので、これ以上の観察はやめにしておこう。

「もういい、消えろ」

翳していた手の平を、ぐっと握りしめた。

すると魔物を包み込んでいた炎が収束し、火狼のアギトが口内に含んだ全てのものを滅却する。

ゴウンッ――！

巨大な爆発が起こり、女王級の体を跡形もなく消し飛ばした。その衝撃で学院都市の外にいた魔物たちの体も千切れ飛び、破片が空からパラパラと地上へ降り注ぐ。

キノコのような形の爆炎が立ち昇る中、大地に刻まれていた亀裂が――〝門〟が閉じていく。

「女王級が一撃で……」

呆然としているルルナの方に向き直ると、彼女は表情を引き締めた。

「っ――残りの魔物はわたしたちが掃討するのです！」

リドも腰に帯びた剣の柄を握り、眼下の学院都市を見据える。

「後は……任せてください」

そう言って彼女たちは山の急斜面を駆け下りていった。

肉体を強化する魔術を用い、人間離れした速度と跳躍力で魔物が蠢く都市に突撃していく二人。

するとそこで残ったエウロパが膝を突く。

「はぁ……はぁ……今の魔術は……なかなか苦しかったですわ。気持ちよくはありましたけど……もう何度も耐えられる気はいたしません」

上気した顔で言うドM女神。

相変わらず度し難い反応だが、今の魔術が限界に近かったのは事実のようだ。

「分かった。今後攻撃魔術を使う際は、なるべく第二階梯までに留めておこう」

第三階梯でギリギリであれば、第二階梯なら耐えられるはずだ。

使える術はかなり制限されるが、他の女王級もあの程度であれば第二階梯でも対処可能だろう。

「ありがとうございます……ふふ、優しくされるのも……それはそれで悪くない気がします」

何故かにやにやするエウロパには構わず、俺は配下たちの戦いを見守る。

いざとなれば手を貸すつもりだったが、それからしばらくして二人は見事学院都市内の魔物の掃討に成功したのだった。

*

第2学院都市テュロス。

その中央に位置する白亜の塔の最上階。都市を統べる学長の私室で、彼は第0学院都市奪還の報告を受けた。

「馬鹿な……本当に――いったいあやつは何者なのだ……？」

通信魔術を繋ぐための卓上魔法陣から手を離し、ヒュラスは椅子の背もたれに体を預けて高い天井を仰いだ。

「女王級に襲われたアルゴスを奪還するなど……信じられん。これでは連れ出された輝石の勇者たちが、本当にあやつのものに……」

頭を抱えるヒュラスだったが、そこで何かの声が聞こえたかのように視線を動かす。

「――おお、お出でしたか。はい…………はい――――ええ、バルドという者が……」

相槌を打つヒュラス。

けれど彼が見ている天井の隅には、何もいない。

「分かりました――仰せのままに」

姿の見えない何者かに頷き返したヒュラスは、ゆっくりと椅子から立ち上がる。

その表情にはもはや苦悩の色はなかった。

第二章　第0学院都市アルゴス

1

――まさかこんなことになるとは。

第0学院都市の中央に位置する大聖堂。その中で被害を免れた貴賓室の一つを、俺は自室と定めたのだが……。

「どうしたものか」

寝台に横たわっていた俺は、天井を見上げながら呟く。

昨日、俺たちは学院都市を奪還した。その後の処理や各所への連絡は全てエウロパに押しつけ、俺は戦いで少なからず消耗していた元側近たちに休むよう勧めた。

けれど彼女たちは自分たちだけが先に休息を取るのを拒み、前世と同じようにすることを望んだのだ。

「すぅ……すぅ……バルド様……もうどこにも行かないで欲しいのです……」

「…………リドが……守ります……」

その結果がこれ。

ルルナは俺の頭を胸に抱き、リドは両手を大きく広げて俺に覆いかぶさっている。

別に苦しくはないし、重くもない。大切な側近を煩わしいとも思わない。

銀狼の姿だった時、ルルナはその巨軀と柔らかな毛並みで俺を包み込み、寝床代わりになっていた。リドも黒竜だった頃、その大きな翼で周囲を覆い、休息時の安全圏を作っていた。

それを人間の体で再現しようとしたら〝こう〟なるのは当然のこと。二人の忠義に感謝こそすれ、咎める理由は何もない。

問題があるのは、俺の方だ。

カタカタカタカタ……。

先ほどから寝台横のテーブルに転がっていたペンが、小さく音を立てている。

また地鳴りが起きているのだ。揺れは小さいが原因は俺だろう。

名前のない感情が、胸の内で揺れている。

密着する少女たちの体の柔らかさと温かさ、甘い寝息を感じるほどに、その感情はゆらりと波打つ。

——俺自身、転生した影響が出ているのやもしれん。

俺は自身に掛けた封印魔術に魔力を注ぐ。この感情の正体は分からないが、力ずくで抑え込めば問題はない。

すぐに地鳴りはほとんど分からないほどに小さくなった。

今後同様のことがあっても、その度にこうして力を封印すればいい。

彼女たちには、人間としての幸せを見つけ、未来を生きてほしい。

それを邪魔することは〝俺自身〟であろうと許さない。

「バルド様ぁ……」

むにゅり。

ルルナが身じろぎをして、大きな二つの膨らみが俺の顔に押しつけられた。

「……んぅ……」

リドも俺の体の上でもぞもぞと動き、その柔らかな肢体を擦りつけてくる。

ゴゴゴゴゴ——……！

再び聞こえ始める地鳴り。

「…………」

無言で魔力を抑える。

──封印の強度はさらに上げておくべきか。今後のために……。

そう、まだこれからだ。

何故ならば第０学院都市を奪還し、新たな学長となったバルド・バルバトスの名は、間もなく世界に知れ渡る。

そうなれば〝残りの者たち〟も自ずとここへ集うはずなのだから。

2

「はぁ……眠いですわ。これも昨夜のバルド様がずっと激しくて……一睡もできなかったせいですわよ……」

大聖堂一階にある大広間。学長用の豪奢な椅子に腰かけていた俺は、部屋に入ってきたエウロパの呟きに顔を顰める。

「妙な言い方をするな。漏出した魔力のことなら、今後はさらに抑えておく。それで問題はあるまい」

ルルナたちと一緒に寝たことで起きた地鳴りが、またこの世界と女神に負荷を与えていたのだろう。

「……ご配慮ありがとうございます。このままでは、縄で締めあげられるようなジワジワした苦痛が、癖になってしまうところでしたわ」

　頬を染めて礼を言うエウロパ。

　だがこいつの発言にいちいち反応していては時間の無駄だと、俺は既に学んでいる。

「それよりも早く報告をしろ。ルルナとリドは周囲の警戒と被害箇所の確認で忙しい。事務や外部との折衝は、全てお前に任せていたはずだ」

「はい――分かりましたわ」

　頷いたエウロパは、手にしたボードに視線を移して報告を始めた。

「避難していた一般住民――学院都市の基盤を支える農民、職人、商人の方々は、徐々に街へ戻ってきています。他の都市では土地も仕事もありませんので、恐らく八割以上は避難先よりもアルゴスで再び暮らすことを選ぶはずです」

　だがそこでエウロパは少し表情を曇らせる。

「ただ……生き残ったアルゴスの元学院生――勇者たちは既に他の学院都市の所属となっています。戦力はどこも欲しいはずですし、彼らが冷遇されることはないでしょう。そんな状況で、一度陥落した学院に戻ってきてくれるかどうか……」

　彼女はアルゴスの戦力不足を心配しているようだったが、それは杞憂(きゆう)だろう。

「案ずるな。間もなくアルゴスは、現世界の最高戦力が集う――最も安全な都市となる。

そうなれば有象無象の者共も自然と集まってくるだろう」

「それはどういう――あっ……もしかして残りの六魔臣――他の学院都市で勇者として活躍している配下の方々にも呼びかけられたのですか？」

エウロパは俺の言わんとしていることを理解し、問いかけてきた。

「いや、だがそろそろ俺の名は耳に届いた頃だろう。こちらから迎えに行ってもよかったが……それではまた第2学院都市の時のような面倒事が増えるからな」

俺は溜息(ためいき)を吐(つ)いて答える。

ルルナとリド以外の者のところへ行かなかったのはそれが理由だ。輝石(ジュエル)の勇者というのは、都市の学長が直接引き留めようとするほど価値のある存在。

それを一人一人引き抜いていくよりは、あちらから来てもらった方が、波風は立たないだろう。俺たちが世界の敵になってしまえば、前世の繰り返し。勝利するのは容易(たやす)くとも、その先に〝人間としての未来〟は残るまい。

「確かにその通りですけれど、全員に前世の記憶がある保証はありませんし……」

だがそれでもエウロパは不安そうだった。

そこで俺は気付く。

「ふ……こう言っている間にも、早速一人来たようだ」

「え？」

驚くエウロパの背後――大広間の入り口から、黄色い閃光が飛びこんできた。

だが目に映ったそれは既に残像。

本体はもう椅子に座る俺の背後に降り立っている。

――雷速で移動する術式か。

ならば〝奴〟であろうと考えながら、俺は首元に突きたてられようとした剣を、指先で受け止めた。

「邪精霊シータだな」

俺が名前を呼ぶと、楽しげな笑い声が返ってくる。

「あははっ！　そうだよ、ボクはシータ！　今はトパーズの勇者、ヴィータ・シータ！　ホントにバルド様じゃん！　妬ましいほど強いままで安心したー！　でもよくボクだって分かったね？」

椅子の後ろから跳躍し、空中で体を捻じって俺の前に着地したのは――長い金髪を頭の両脇で二つに括ったスレンダーな体型の少女、ヴィータ・シータ。

「他の配下たちがいない時であれば、いつでも俺に挑んできていい……お前とは裏でそういう契約を結んでいたからな」

俺が苦笑交じりに答えると、彼女——ヴィータは少し複雑な表情を見せた。

「あー……前のボクはバルド様の強い体が羨ましくて仕方がなかったからね。精霊は物理的な体がないから鍛えようがないし、バルド様がちょっとでも隙を見せたら体を貰っちゃおうかなって——まあ、そんなチャンスは一度もなかったけどさ」

肩を竦める彼女に、俺は問いかける。

「どうやら人間に転生して、少しばかり心境の変化があったようだな？」

じっと見つめると、何故か彼女は少し動揺したかのように視線を泳がせ、躊躇いがちに頷いた。

「……うん。念願の肉体が手に入っちゃったからね。正直、性能はあまり高くないけれど、それだけ鍛える余地があるってことだから……わりと楽しい。だから今はバルド様の体を奪いたいってわけじゃないんだけど……」

そこで彼女は俺の体をじろじろと眺める。

「やっぱりいいなぁ……羨ましいなぁ……どうやったらそんなに強くなれるんだろう。何だか前よりもバルド様に興味が出てきちゃったよ」

昂っているのか顔をわずかに上気させるヴィータ。

「あのー……」

そこで状況に取り残されていたエウロパが声を上げる。

「キミ、聖女エウロパだよね？　バルド様の下僕になったたってルルナから聞いたよ。配下としてはボクらの方が先輩なんだから、会話の邪魔はしないで欲しいな」

途端に冷たい雰囲気になったヴィータは、不機嫌そうに彼女の方を見えた。

「……申し訳ありません」

素直に引き下がるエウロパ。何か言いたげな様子だったが、後回しでも構わないだろうと判断して、俺はヴィータに問いかける。

「ここへ来る前にルルナと会ったのか」

「うん、正門の辺りを走り回ってたからね。ずいぶん可愛(かわい)くなってたけど、忙(せわ)しないのは相変わらずだ」

「ふっ……」

その言葉に思わず笑ってしまう。

「どうして笑うのさ？」

「可愛くなったのはお前も同じだろうに」

まるで他人事(ひとごと)のようなヴィータに、そう指摘しておく。

「なっ……」

すると何故か彼女は声を詰まらせ、顔を赤くした。

「すみません……やっぱりお伝えしておいた方がいいことが一つあるのですが……」

会話が途切れたのを見て、再びエウロパが呼びかけてくる。

「キミ、邪魔するなってあれほど――」

殺気立つヴィータだったが、エウロパはそれに気付かぬ振りをして、開いたままの広間の扉を指差した。

「先ほどからずっとこちらを覗いておられる方がいて……」

「――知っている」

俺は溜息を吐いて頷く。

ヴィータが広間に飛び込んできた後から、その気配には気付いていた。

「え？」

けれどヴィータはそこで初めて察知したらしく、驚いた顔で広間の入り口を見て、眉根を寄せる。

「なんだ、ベリアエルじゃん。あ、今はロゼアって言った方がよかったか。ノースゲート戦以来だね」

ヴィータは既に転生後の〝彼女〟と知り合いだったらしく、軽い口調で呼びかけた。

するとの陰から、薄紫色の長い髪を持つ少女がおずおずと姿を見せる。

「は、はい……一年ぶりです。それで……え、えっと……バルド様……お久しゅうございます。わ、私……今はアメジストの勇者、ロゼア・ベリアエルと名乗っております」

俺の方に視線を向けて、彼女――ロゼアは挨拶をした。

かつては俺の周りの細々とした雑務を熟すメイドとして、敵に対してはその精神を蹂躙する夢魔として、その能力を振るった彼女の姿は、今までで最も懐かしかった。

「ロゼア、か。お前には前世の面影が濃く残っているな。少しばかり幼くなったが、変わらず美しい」

そう――彼女はこれまでの配下たちとは違い、前世に近い容姿をしていた。それは元々彼女が、美しい女性の姿をした夢魔だったから。

「なっ……そんな……照れてしまいます」

顔を赤くしたロゼアは、また扉の陰に体を半分隠してしまう。その仕草に心の内が微かにざわつく。

前世の彼女は有能で頼もしかったが、このように感情が疼くことはなかった。

これもロゼアが人間として転生したゆえのことかもしれない。

――封印をさらに強化しておいて正解だったな。

内心で安堵していると、ロゼアが躊躇いがちに話しかけてくる。

「あ、あの……早速、この館のお掃除に取りかかっても……よろしいでしょうか？　こんなに汚れていては……バルド様のお住まいに相応しくありません」

扉の外を振り返ったロゼアの視線の先——一階のエントランスには、まだ片付けていない瓦礫が散乱している。

「好きにしろ。ついでに自分の部屋を適当に見繕っておけ」

俺が頷くと、ロゼアは嬉しそうに笑う。

「はい！　ありがとうございます！」

そう言って駆け去っていくロゼア。

「あ、それならボクも自分の部屋を決めに行こうかな」

ヴィータもロゼアに続こうとするが、そこで俺の頭の中に直接声が届く。

『——バルド様、聞こえますでしょうか』

念話だ。外に出ているルルナやリドの声ではない。

「げ……ものぐさ真祖じゃん。いきなり喧嘩も何だし、ボクはとっとと退散するね」

ヴィータは顔を顰め、足早に広間を出て行った。

真祖レイニー。夢魔と同じく、人に似た姿を持つ魔族。他者の死体を下僕に変える力を

持ち、人界側との最終決戦では死者の軍団を率い、魔王軍の〝軍師〟として戦局を操作した。

そういえばこの二人は折り合いが悪かったことを思い出す。

「聞こえている。既に近くにいるようだな」

彼女の気配は大聖堂の中に感じられた。

『はい、真祖レイニー改め……サファイアの勇者マリアベル・レイニー、バルド様の復活を知り馳せ参じました。けれど……どうか、ご挨拶をさせていただくのは日没後にさせていただけないでしょうか？　日の光の中で今の姿を晒すのは、どうしても抵抗があり……』

「人間になっても日光が苦手なのか？」

真祖である彼女の弱点は、太陽の光。けれど人間に転生した今は、問題ないはずなのだが。

『害はないと分かっていても……何だか肌を焼かれるようで……ここまでは避難用の地下通路を使いましたのでどうにかなりましたが……日中の私はきっとみすぼらしく見えるはずです。バルド様には最も美しい私を見ていただきたくて……』

「分かった。顔を見せるのは夕食時で構わん」

『……感謝いたします』

礼の言葉と共に念話は途切れる。

「バルド様の配下は、個性的な方が多いですわね……」

バチッ！

エウロパが苦笑交じりに呟いた時、広間の中央で電光が弾けた。

「な、何ですの！」

驚きの声を上げるエウロパ。

何らかの魔術が発動する予兆を感じたが、俺は椅子から動かず状況を見守った。

――この気配は……最後の一人か。

バチバチとさらに眩い光が瞬き、辺りが真っ白に染まる。

光が収まると、そこには一人の少女の姿があった。

褐色の肌に白い髪。体格は小さいが、筒や箱状の物体を組み合わせた奇妙な装置を背負っている。

その装置はあちこちから火花を散らし、器具の隙間からは黒煙が漏れていた。

「あっ！　バルド様はっけーんっ！　ガーネットの勇者、ラトニ・グラトロス――ここにズバンと登場でち！　装置は壊れちゃったけど、実験は一応成功でちね」

俺を見て、表情を輝かせる少女。

その姿や声、話し方は、俺の知るものとは大きく異なっている。

六魔臣最後の一人は、暴鬼グラトロス。あらゆる物を喰らい、進化を続ける──トロルの変異種。

最終決戦時、山と見間違うほどの大きさまで肥大化したグラトロスは、勇者たちの切り札である極大神聖魔術をも呑み込み……敵軍の大半を巻き込んで自爆した。

その姿を覚えているがゆえに、転生した他の側近たちと比べても一際小柄な体躯に、少し面食らってしまう。

「バルド様ー！　ぼーっとしてますけど、あたしのこと忘れてしまったでちか？」

「──そんなことはない。もちろん覚えている。グラトロス……いや、ラトニ──今のは転移魔術か？　確か人間の身では使えない階梯のはずだが」

俺は首を振ってから、彼女に問いかけた。

「はい、その通りでち！　確かに人間の体では限界があるでちが、外付けの魔術装置を使えば何とかなるかもしれないと思って実験中なのでち」

「実験……前世はただひたすらに喰らい続ける暴鬼だったお前が、ずいぶんと理知的なことをしているのだな」

感心して呟く。

自らの糧になるものを貪欲に喰らうグラトロスは、俺のことさえ狙っていたほどだった。

まあ、俺を喰らえば許容量オーバーになるのは目に見えていたので、隙は見せてやらなかったが……。

「むむ、それは心外でちね。トロルの〝暴食〟は喰らったものを分析・把握した上で、自らの糧にする能力。あたしにはたくさんのものを食べることで得た膨大な知識があるのでち。それを生かして、色んな研究を頑張っているのでちよ！」

腰に手を当てて、俺を睨むラトニ。

「そうか――人間としての努力を軽んじて悪かった。すまない」

考えの足りなかった発言を謝罪すると、ラトニは笑顔に戻って頷く。

「いいのでち！　ホントは頑張っているというより、単に楽しいから実験してるでちから。でもこれからはバルド様のために色んなものを発明してみせるでち！　そのための研究室を貰ってもいいでちか？」

「ああ、どこでも好きに使え。ちょうど他の者たちも、自室を決めているところだ」

「ありがとうでち！　いい場所を取られないうちに行ってくるでち！」

嬉しそうに感謝を述べると、彼女も慌ただしく広間を飛び出して行った。

残ったのは、俺とエウロパだけ。

「……あっという間に配下の方々が揃いましたわね」

感心したように彼女は呟く。

「そうだな。とりあえず全員元気そうでよかったよ」

もしも彼女たちが既に戦いの中で大きな傷を負わされていたら、湧き上がる怒りを抑えられなかったかもしれない。

——だが、少しばかり早過ぎるな。

全員〝輝石の勇者〟という特別な立場にあるだけでなく、人間として生まれ育ったがゆえのしがらみもあるはずだ。

正直、皆が揃うのはもう少し時間がかかると思っていた。

ただその辺りのことも皆が集まる夕食時に訊ねれば済むことだろう。

そう考えて俺は再びエウロパの報告を聞く作業に戻ったのだった。

3

日没後、大聖堂内の食堂。

そこには俺とエウロパ、そして人間に転生した六人の側近たちが顔を揃えていた。

「…………直接のご挨拶が……遅れてすみません……マリアベル・レイニー……です」

最後に食堂へ入ってきて、消え入りそうな声で名乗ったのは、唯一まだ顔を合わせていなかった元真祖。

念話では毅然とした口調だったのに、今は聞き取るのも難しいほど弱々しい声音だ。

美しい蒼眼も恥ずかしげに伏せられていたが、その姿は圧倒されるほどの気品に満ちている。

夜空のような暗い藍色の髪に縁どられた顔は、陶器のように白く――身に纏う黒いドレスは彼女の美を引き立てていた。

他の配下たちが学院の制服を着ているので、彼女の姿は一層目立つ。

「一人だけ気合入れちゃって……これならボクも着飾ってくればよかったよ」

ヴィータがぼそりと毒を吐く。

だがマリアベルも決して気弱なわけではないため、ヴィータの言葉を聞き流し、ドレスの端をつまんで俺に会釈をする。

「どうでしょう……人間になった私は…………バルド様を失望させていないでしょうか……？」

「ああ、むしろ——より美しくなったと驚いている」

世辞ではなく、本心で俺は答えた。

「……嬉しい……です」

さらに顔を俯けた彼女は、静かに最後の席へ腰かける。

長方形のテーブルにはもう全員分の料理が並んでいた。

「あ、あのっ……十分な食材がまだなくて……完璧な出来ではないですけど……バルド様のために腕によりをかけて作りましたっ！」

掃除だけでなく夕食を用意したロゼアが、緊張した様子で言う。

俺の前にある皿だけ料理が山盛りになっているのは、彼女なりの気持ちというところだろうか。

ステーキに野菜の盛り合わせ、具だくさんのシチューなどなど……短い時間で用意したはずなのに、どれも細やかな心遣いが感じられる。

「ああ、助かる。またベリアエル——いや、ロゼアの料理を食べられるのは、とても楽しみだ」

魔王として戦っていた時の数少ない楽しみが、ロゼアの料理だった。

魔人の体は毎日食事を取らねばならないほど脆弱ではないが、美味い料理を食べた時の快感はそれだけでも大きな価値がある。

「あたしも楽しみでち！　この体ならお腹一杯食べられるでちから！」

前世では巨軀のトロルだったラトニも、俺の言葉に同意した。

くぅ～とそこで隣の席に座っていたルルナのお腹が鳴る。

「はわわっ……ごめんなさいです。今日は一杯働いてお腹が……」

恥ずかしそうにしながらも、目の前にある料理に釘付けなルルナ。

「バルド様……リドも、お腹が空きました」

ルルナとは反対側からリドが俺の袖を引く。

「では食事にするか」

「はいっ！」

俺がそう言うと、彼女たちは一斉に食事を始めた。

「あら……いただきますもせずに……」

エウロパが呆れた表情を浮かべるが、俺は皮肉な笑みを浮かべて言う。

「魔王の側近が〝天の恵み〟に感謝すると思うか？」

「……それもそうでしたわね」

苦笑したエウロパは、それでも一人手を合わせてからフォークとナイフを手に取った。

神はいったい誰に祈るのか。

それが気になったものの、側近たちの前ではあくまで彼女はただの聖女なので、問いかけはせずに俺も食事を始めたのだった。


「へー……ヴィータは第３学院都市パトラ、ロゼアは第４学院都市スパルティ、マリアベルとラトニは第７学院都市アテナにいたのですね」

ルルナは肉を頬張りながら言う。

「リドとルルナのいた第２学院都市は合同任務に消極的だったから……他の〝輝石の勇者〟と顔を合わせる機会がなかった」

リドも美味しそうにシチューを口に運びつつ、自分たちの状況を語る。

「それを言うなら第７学院都市も同じでち。学長がとっても臆病でほとんど鎖国しているような状況でちた」

ラトニの言葉にマリアベルは頷く。

「………あそこは、ダメよ。自分たちのことしか……考えてないわ」

するとヴィータがロゼアに顔を向けて言う。

「ボクのいた第3学院都市とロゼアの第4学院都市は、よく協力して魔物を討伐してたけどね。まあ、地理的に近いのが大きいかもだけど」

「はい――ヴィータとは女王級(クイーン)討伐任務で顔を合わせました。それで他の〝輝石(ジュエル)の勇者〟も転生した仲間かもしれないと思っていたのですが……今日まで確認する機会はなかったです」

ロゼアはそう言うとテーブルを囲む仲間を見回す。

俺が転生した配下の姿に驚いたように、彼女にとっても人間になった彼らは新鮮に映るのだろう。

俺はしばらく歓談する皆を眺めていたが、そろそろかと思って口を開く。

「一つ、確認しておきたい」

するとすると彼女たちはピタリと会話と食事の手を止めて、俺の方に顔を向けた。

「はい、何でしょうか？」

皆を代表するように畏(かしこ)まって問いかけてくるルルナ。

「こうしてお前たちと再び出会えたことは、俺も嬉(うれ)しく思っている。ただ――ルルナとリドは俺が直接引き抜いたが、他の者は容易(たやす)く所属する学院都市から離れることができたのか？」

するとヴィータ、ロゼア、マリアベル、ラトニの四名は顔を見合わせた。

「バルド様、心配はいらないよ。学長には反対されたけど、結局ボクらを止められる人間なんていないんだ。握られるような弱みもないし、強引に迫ったら首を縦に振ったよ」

ヴィータはそう言って肩を竦める。

「この世界における産みの親も……既にいません。皆さんも、きっと似たような境遇ですよね？」

ロゼアの問いかけに、他の配下たちも頷いた。

「全員が……そうなのか？」

俺は少しばかり驚いて問いかける。

「リドは……生まれてすぐは、前世の記憶はなかったと思います。でも異世界の魔物が現れて……この世界の人口が半減するほどの殺戮の中で、命の危機に瀕して——かつての記憶と力が蘇りました」

他の者はどうだというようにリドは皆を見回す。

「わたしも同じなのです！　本当に小さい頃のことで——記憶を取り戻す前のことは逆に曖昧で……よく思い出せません」

ルルナが同意して頷くと、残った者たちも首を縦に振る。

「バルド様を差し置いて世界を蹂躙する魔物たちは憎らしいですが……もし魔物が現れなければ、私たちは本来の在り方を取り戻せなかったかもしれません。そう考えると複雑ですね……」

ロゼアが頬に手を当て、深々と嘆息した。

――異世界の魔物の出現が、配下たちの覚醒を促したのか。

それさえなければ彼女らは戦いに明け暮れることもなく、平和に自身の生を全うしていただろう。

本当に余計なことをしてくれたものだと、異世界から来た闖入者共を忌々しく思う。

「お前たちの事情は分かった。よく最初の危機を乗り越え、生き残ってくれたな」

「い、いえ、勿体ないお言葉なのです！」

手を振ってルルナは恐縮した。

「でもさ、バルド様はどうしてボクらを転生させてくれたの？」

そこでヴィータが問いかけてくる。

――どう答えるか。

俺は単に〝未来〟を与えたかっただけだ。

自他共に滅びを望む魔族の在り方は、あまりにも儚く悲し過ぎたから。

だがそうした思いが彼女たちに伝わるかどうか……。

返答の仕方を考えていると、代わりにリドが言う。

「それはもちろん……この世界を支配するため。リドたちはその尖兵」

「支配……？　あー……そっか、それ以外にないよね……んー……でも……」

ヴィータは引っかかりがあるという様子で首を捻った。

魔族だった頃の彼女たちなら、世界を〝滅ぼそう〟と言っただろう。

俺はそこでエウロパに視線を向け、念話で問いかける。

『エウロパ、お前は配下たちの〝滅びを望む心〟を封じているのか？』

『――いいえ、彼女たちの魂には一切手を加えていませんわ。けれど魂は肉体の影響を大きく受けます。たとえ魔族だった頃の記憶を取り戻そうと、人間としての〝生きようとする本能〟が優先されるのです』

女神は俺と視線を合わせて答える。

『本能、か。しかしヴィータは何か自分の言動に違和感を覚えている様子だったが』

『それは……恐らく彼女が再びバルド様に仕えたことで、かつて魔族であったことを強く意識したからでしょう。あまり良い兆候ではありませんわ』

彼女の声が深刻そうだったので、俺は眉根を寄せた。

『このままだとどうなる？』

『肉体の方が魂に引き摺られ、魔族化する可能性があります』

『……それは避けねばならんな』

そんなことになれば、彼女たちが手にした新たな人生が台無しになってしまう。

――つまり魔族としてではなく、人として進むべき道を俺が示さねばならないということか。

これは難問だ。

いくら魔力があろうと解決できることではない。

ただ状況に流されているだけでは、配下たちを魔族に回帰させてしまいかねない。

だが真実を語れば、彼女たちは余計に前世を強く意識してしまうだろう。

とは言え、大切な配下に全くの偽りを吹き込みたくはない。

ならば――。

「俺には、欲しいものがある」

俺が口を開くと、ハッとした様子でヴィータたちがこちらを向く。

「欲しいもの？」

「ああ、前世で世界を滅ぼしてもなお、手に入れられなかったものだ」

大切な配下たちの未来。

それはどれだけ願っても、手の平から次々と零(こぼ)れ落ちていった。

「だから今回は世界を滅ぼさずに、あまねく支配して、それを探し出す。そのためにはお前たちが必要なのだ」

お前たちでなければならない。

俺が見たいのは、平和な世界でお前たちが生きていく姿なのだから。

俺の言葉を受け止めた少女たちは顔を見合わせ、代表するようにルルナが口を開く。

「バルド様の欲しいものは何なのですか？」

「――それはまだ口にできない。名前のないものなのだ。だが手にした瞬間、必ず分かるものでもある」

ここは曖昧にするしかない。

彼女たちが自ら望み、辿(たど)り着いた未来でなければ意味がないと思うから。

すると彼女たちはまたもや顔を見合わせた後、ひそひそと相談を始めた。

「これは恐らく、それを見つけ出せというバルド様の試練だと思うのです」

「えー！　でもヒントがなさすぎてボクには想像もつかないよー」

「ヒントはあるでち。世界を支配すればいいとバルド様は言ったのでち」

「つまり安全な状況でなければ探せないものということでしょうか……？」

「リドは、宝石だと思う。魔力と神秘が宿った、すごい宝石」

「…………形があるものとは限りません。あと……私たちが必要だというのも大きなヒント……人間の女性に転生したことにも意味があるのでは……」

「女性──も、もしかしてお嫁さんなのですか？」

「それなら別に世界を支配しなくてもいいじゃない。あ、でもこれが試練なら、達成した子を伴侶にするつもりとか？」

「バルド様と……結婚⁉」


──んん？

何やら妙な方向に話が進んでいる。

これはマズイと俺はわざとらしく咳払(せきばら)いをして、皆の注意を引く。

彼女たちはピタリと私語を止(や)め、俺に向き直った。

「ともかく、俺は欲するものを手にするために邪魔な異世界の魔物共を駆逐し、学院都市を纏め上げ、この世界を支配するつもりだ。力を貸してくれるか？」

「「「「「「はいっ‼　もちろんです‼」」」」」」

凄まじく気合の入った六人の声が響き渡る。

生まれて初めて〝圧倒される〟という感覚を味わった俺は、しばし呆然としていたが……我に返って口を開く。

「……頼りにしている。お前たちに再び会えて、本当によかった」

そう本音を告げると、皆の表情が緩んだ。

「はい……はい……リドもバルド様と再び会えて……とてもとても……ふれひいへす」

「む？」

リドの言葉がふにゃりと溶けたのを聞いて、俺は眉根を寄せる。

「ボクも……バルド様にもう一度会いたくて……その強さを確かめたくて……らからほくは絶対にバルド様がほひぃものを……」

ヴィータも明らかに口調がおかしい。

「ルルナはぁ……バルド様がぁ……だぁいすきなのですぅ……へすから、ほよめさんにぃ……」

とろんと潤んだ瞳を俺に向けてくるルルナ。

「あぁ……体が熱いわ……どうしてかしら……」

マリアベルは身に纏うドレスをはだけ、暑そうに手で顔を扇いでいる。

ドンッ！

大きな音が響いてそちらを見れば、エウロパがテーブルに突っ伏して動きを止めていた。

明らかに異常な状況だ。原因が考えられるとすれば——。

俺は皆が口にした料理に目を向ける。

「ふわぁ……この料理、甘い魔力の味がするでちねぇ……ロゼアたん、気合を入れ過ぎたんじゃないでちか～？」

ラトニはそう言いながらもパクパクと食事を続けていた。

「ふえ……？　ば、バルド様……そんなに見つめられると……私——嬉しくなってしまいます」

そして当のロゼアは、俺と目が合うとふやけた顔で微笑んだ。

——これは夢魔の能力か。

ラトニの言葉で俺は状況を理解した。

ロゼアが気持ちを込めて作った料理には彼女の魔力まで混じっていて、それが食べた者に影響を与えているらしい。

ロゼア——夢魔ベリアエルの力は、夢や幻覚を用いて人間を発情させ、その精気と魔力を奪うこと。さらには精神汚染で正気を奪ったり、操り人形にすることも可能で、前世では戦いの裏で暗躍し、様々な工作を行っていた。

「夢魔の力は同胞である魔族には及ばなかった……それで皆、ロゼア自身も油断したか」

俺が溜息(ためいき)を吐(つ)くと、ロゼアはきょとんと首を傾(かし)げる。

「バルド様ぁ……どうして難しい顔をされているんですかぁ?」

そう言うと彼女は席を立ち、俺にふらふらと近づいてくる。

「いや——そうだな、ロゼアは何も悪くない。皆には少々刺激の強い隠し味だったが、俺は美味(おい)しく食べられた。ありがとう」

最後の一口を食べて、俺は感謝の言葉を述べた。

人間の混じった俺は、前世から夢魔の能力の対象ではある。けれど力の桁が違い過ぎて彼女の力の影響を受けたことはない。

エウロパは気絶しているようだが、恐らく女神の肉体がロゼアの魔力に拒絶反応を示したのだろう。

「ふわぁ……嬉しいです……バルド様はやっぱりお優しいですねぇ……」

花が咲くように笑ったロゼアは、椅子に座る俺の横から抱き付いてくる。ちょうど顔が彼女の豊かな胸に埋もれる形になり、心の底が疼く。

「おい、ロゼア――」

そう言いつつも、大切な配下を振り払うことはできない。

どうしたものかと考えている間に、他の配下たちも俺の周りに集まってくる。

「あー……ロゼアだけズルいのです。バルド様をあったかーく包み込むのはぁ……わたしのおしごとなのですぅ……」

ルルナはそう言うと椅子の後ろからロゼアごと俺の頭を抱きしめた。

「リドも……バルド様を……ほまもりひまふ……」

俺の膝に載り、ぴとりと正面から抱き付いてくるリド。

「……バルド様……お手に触れてもよろしいでしょうか……？　きゃっ……指先に触ってしまいました……」

マリアベルは上気した顔で俺の手をツンツン指でつついている。

「ねえねえ、バルド様～！　筋肉触らせて～。ボク、バルド様の強い肉体に興味津々なんだ〜！」

ヴィータはこちらの答えを聞く前から、勝手に俺の上着を捲り上げ、胸筋と腹筋を撫でまわす。

「あははー、バルド様はどんな味がするんでちかねー」

お代わりの分まで料理を全て食べ尽くしたラトニは、ロゼアがつついているのとは反対の俺の手を取り、ぱくりと指を咥えた。

「…………」

心の底から正体不明の感情が湧き出てくる。

強化した封印でも、このままでは抑えが利かなくなる恐れがあった。

「仕方ない」

俺は六人に纏わり付かれたまま、立ちあがる。ルルナやリドは完全に俺にしがみつく形になっているが、俺はこのぐらいで重さを感じたりはしない。

そして人間離れした力を持つ少女たちも、歩き始めた俺から離れることはなかった。

「行くぞ」

皆に呼びかけると「はぁ〜い」とふやけた声が返ってくる。

エウロパだけを食堂に放置して、俺は自身の寝室へと向かった。

自室に入り、ベッドの傍に来ると——声にほんの少しだけ魔力を込めて告げる。

「ルルナとリドは、よく働いてくれた。ヴィータ、ロゼア、マリアベル、ラトニもこちらに来たばかりで色々と疲れているだろう。まだ少し早い時間だが、今日はもう眠るといい」

すると俺に纏わり付いていた少女たちは、途端にとろんとした瞼になり、パタパタとベッドへ横たわる。

なるべく彼女たちに魔力で強制するようなことはしたくないが、今回ばかりは他に方法がなかった。

「バルド様ぁ……お休みになるのならぁ……わたしが枕に……」

だがルルナだけはかつての寝具担当の意地からか、俺にしがみついたまま離れない。

「ああ、分かった」

俺は観念して、他の配下たちを踏まないよう気をつけつつベッドに横たわる。

「ほやすみなさいです〜」

それで満足したのか、ルルナは俺の頭を抱きしめて瞼を閉じた。

そうしてまた配下と共に過ごす夜がやってくる。

けれどそれは魔力を抑え続けるだけの辛い時間ではない。

俺を包む六人の配下たちの温もりは、眠るのがもったいなく思えるほど心地のよいものだった。

4

「さすがはバルド様の配下――たった六人しかいないというのに、今日で学院都市十キロ圏内にいる魔物は駆除しきれると思いますわ」

第0学院都市の学長になって七日目の朝。

魔物の討伐に出る配下たちを見送り、エウロパの報告を聞くのも日課になってきた。

「ただ、やはり避難した学院生たちの所属をこちらへ戻すのは難しそうです。本人が希望しても学長が認めないようで――これは輝石の勇者たちを引き抜いた報復かもしれませんわね」

溜息を吐くエウロパ。

俺は広間の椅子に腰かけながら話に耳を傾けていた。

「こうなっては一から新たな勇者を育てるしかありません。各地に学院生募集の告知を行ってもよろしいでしょうか？」

「好きにしろ」

学院の運営に関することは彼女に任せているので、問題ないと頷(うなず)く。

ただそこで一つ疑問が浮かんだ。

「だが――実際のところ増員は必要なのか？　輝石(ジュエル)の勇者が六人集っていれば……いや、俺がいる時点で、もはやこの都市が陥落することは永劫(えいごう)にありえんだろう」

異世界の魔物に対抗するという意味では、俺さえいれば十分なはず。それはエウロパも分かっているはずだが、彼女は首を縦に振った。

「はい、バルド様が〝真っ当な手段〟でこの世界を統(す)べるおつもりなら、何よりも〝学院の力〟を高めなければなりませんわ。学長個人の戦闘能力は、あまり意味を為(な)しませんの」

「……詳しく話せ」

いかにも面倒そうな話だったが、配下たちが人間として平和に暮らせる世界を作るには必要なことだろうと耳を傾ける。

「十年前に起きた異世界の魔物による襲撃によって、この世界――ミノス大陸を統一していた王家と王都ユピテルは滅びました。そんな中、わたくしは神から神託を受けた聖女として人々を導き、魔物に対抗する拠点――この第0学院都市アルゴスを作り上げたのです」

大陸や王都の名前は初耳だったが、それ以外は既に聞いたことだった。

続きをと俺は身ぶりでエウロパを促す。

「アルゴスを足掛かりとして、わたくしたちは魔物から人類の版図を取り戻していきました。そして各地に新たな学院都市が建設され、その土地を奪還した部隊を率いた実力者たちが学長の座に収まったのです。そうして現在——大陸には第0から第7まで、計八つの学院都市が覇を競っています」

覇を競う——その言葉で俺は大まかな状況を理解する。

「なるほど、つまりは内輪での領土争いと権力闘争か……くだらん」

何のことはない。結局は人間同士で争っているということらしい。

「ええ。ただ女王級(クイーン)に対抗するには、複数の学院都市が協力しなければなりません。そのため学院都市は〝平和的な方法〟で序列を決め、上の指示には従うという取り決めで協力体制を維持していますの」

「王家とやらが滅びた今、その序列最上位が実質的な世界の支配者というわけだな」

俺がそう言うと、エウロパは大きく頷いた。

「その通りですわ。そしてその序列を決定する方法が、学院生による対抗戦。つまり擁する勇者の数と質が勝敗に直結するのです」

「なるほど——それが〝真っ当な手段〟というわけか」

予想通り、面倒な話だった。

新たな学院生が必要だというエウロパの意見にも頷けるが、正直他の学院都市を全て消し去ってしまう方が遥かに楽だ。だが……。

今は魔物討伐に出ている六人の配下のことを思う。

彼女たちは迷いなく俺の元に集ったが、各学院都市に親しい者はいたはずだ。そんな〝人間関係〟を消し去ってしまうのは、彼女たちが人間として生きる上で決して良いことではないだろう。

「……輝石の勇者が六人集まっていても、その対抗戦には勝てぬのか？」

「難しいと思いますわ。模擬戦の場合は集団戦闘が基本ですし、何か作戦目的が設定された場合は、個の力ではどうにもならないこともあるでしょう」

「分かった。ならば早々に学院生を集めろ。新入りの見極めと育成は、お前に任せて構わんな？」

この世界の人間はあまりに弱すぎて、俺では何をどう教えればいいのかも分からない。

「はい。しばらくはわたくしがバルド様の秘書と学院の教師を兼任いたしますわ。ぜひボロ雑巾のようにこき使ってくださいませ」

仕事を増やされることにさえ被虐の悦びを感じるのか、嬉しそうにエウロパは頷く。

「あ――けれど新入生の入学試験では、配下の方々にも試験官として手伝っていただいて構わないでしょうか？」

「そうだな――将来的には彼女たちの手足となる者どもだ。自ら使える者を選ばせるのもいいだろう」

俺は頷くが、少し考えて言葉を付け足す。

「だが、彼女たちもまた学院生だ。人間として相応しい生活を与えねばならん。魔物の掃討が今日で終わるのならば、明日からはきちんとお前が授業を行え」

魔族だった頃の力をある程度引き継いでいるとは言え、まだまだ人間として学ばねばならないことはあるはずだ。

「承知いたしました。戦闘面はわたくしに教えられることはないでしょうから、主に勉学の講義を行おうと思いますわ。あ――もしもバルド様が彼女たちに学ばせたいことがあるのなら、自ら教鞭を執っていただいてもいいのですが……」

「学ばせたいこと――か。考えておこう」

俺は彼女たちに〝どう〟なって欲しいのか。

すぐに具体的なイメージは湧かなかったので、そう答えておく。

——そもそも俺は、まだ〝人間〟というものをよく知らないな。

そこに思い至った俺は、エウロパとの会議の後——復興が進む街に出かけてみることにしたのだった。


第０学院都市アルゴスは、エウロパの話によれば異世界の魔物に対抗する人類最初の砦。

ゆえに学院都市の中で最も古いということになる。

そのせいか、ルルナとリドを迎えに行った時に訪れた第２学院都市テュロスに比べると、道路や建物の並びに多少の乱雑さが見受けられた。

八角形に配置された街を囲む壁も、あちこちに補修の跡があり、建材の色がまだらになっている。

中央の大聖堂から街の正門までは、ゆっくり歩いて三十分ほど。街の直径は五キロ程度で、壁の外側には農耕地帯が広がり、その先に小さな町や村が点在しているようだ。

俺が転生した場所も、第０学院都市の近くにある農村の一つ。

「学院都市を〝首都〟とした共同体群……実質的に一つの国だな」

高い外壁の上から、遠くに見える村の影を眺め——俺は小さく呟いた。

ルルナたちはああした辺域の村々を巡って、魔物の残党を殲滅し、人々が再び住める状態にしているのだ。

学院都市が必要とする食糧を賄うには、周辺地域の治安を回復するのも重要ということなのだろう。

ピィーピィー！

見たことのない青い鳥が、長い尾を靡かせて上空を横切る。

ここが〝新しい世界〟なのだと、その時ようやく実感できた。

外壁の角にある物見の塔の内側にある螺旋階段を下り、都市の内側へと戻る。

「おっ、新しい学長さん！　もういいのかね？」

破損した壁の補修を行っていた男が、俺に気付いて声を掛けてくる。

「ああ、作業中だというのに立ち入らせてもらって感謝する」

礼を言うと、男は手を振って笑う。

「いいってことよ。聖女様が神託を受けて選んだ学長さんなんだ、この街も取り戻してもらったし――俺らにできることがあれば何でも言ってくれ」

「分かった」

小さく頷いてその場を立ち去る。

外壁に沿って、まだ小さな瓦礫(がれき)の転がる道を歩いていると、次々と声を掛けられた。

「学長さん、またここで暮らせるようにしてくれてありがとねー！」

「おやおや、新しい学長さんはいい男だこと」

「よお、よかったらこれ持ってってくれよ！」

押しつけられた握り飯を手に、俺は人通りの少ない路地に入る。

「あれが……人間か」

皆、笑っていた。

街を襲撃され、大勢の人が死に、家も壊されたというのに——明るく街を造り直している。

あの強さは、確かに魔族にはなかったものだ。

壊し、滅ぼすことが目的であり終点であった魔族は、望む未来などない。そんな在り方のまま命を燃やし尽くした配下たちは、とても儚(はかな)く美しく——哀れだった。

人間に転生したことで彼女たちの意識も少しは変わっているようだが、前世の記憶を持っているがゆえに、魔族としての価値観がまだ根強く残っているように見える。

「そうだな、何かを教えるとすれば……」

創ること。壊されたならば、造り直すこと。新たに何かを生み出すこと。

持っていた握り飯を一口食べる。

少し塩味が濃かったが――美味い。

別に講義でなくてもいい。きっかけさえ作れれば……。

俺は大聖堂に足を向けながら、大切な配下たちを導く方法について真剣に考え続けた。

5

その日の夜、皆が夕食のために集まった食堂。

皆が料理――初日の一件があってからは、ロゼアではなく街に戻ってきた専属の料理人が作ったもの――を食べる中、エウロパが口を開く。

「今日はご苦労様でした。皆さまのお力添えで第0学院都市は、明日より通常運営に戻ることができますわ。それにあたってバルド様より、わたくしが教師として皆さまの授業を行うようにとお言葉をいただきました」

すると途端にルルナが顔を顰める。

「えー……わたしは勉強苦手なのです。でもバルド様が言われるのなら、頑張るしかないですよね……」

よほど座学が嫌いらしいが、俺からの指示だということで渋々ルルナは受け入れた。

「早起き………憂鬱です。ですが授業をするのがバルド様でないのなら……日中の私を見られることもないですし………我慢いたしましょう」

太陽が出ている間は決して俺に姿を見せようとしないマリアベルも、首を縦に振る。

「ボクは嬉しいな。自分を高めるためにも、新しい知識はいくらでも得たいからね」

「あたしも勉強は好きでち。でも退屈な授業だったら寝てしまうでちが」

ヴィータとラトニは前向きな反応を見せ、残ったリドとロゼアも特に異論はないらしく、黙々と食事を続けていた。

「授業は午前九時から十二時まで。本来なら午後は実技や戦闘訓練の授業を行うところですが、〝輝石(ジュエル)〟の皆さまに教えられることはないので、自主的な訓練をお願いいたしますわ」

「……分を弁(わきま)えているのは、いいこと」

リドがエウロパの言葉に頷(うなず)く。

「私はちょっと聖女様の実力が気になっていますけどね。戦争初期の逸話を聞く限り、他の学長とは比較にならない力を持っていそうですが……まあ構いません。自由時間が増えるのはいいことです。その分、バルド様にご奉仕できますから」

ロゼアはエウロパを横目で見つつ、浮かれた声で呟いた。

必要な連絡事項は終えたようなので、そこで俺も口を開く。

「その自由時間についてだが——俺からも一つ、お前たちに課題を出しておこうと思う」

憂鬱そうに肩を落としていたルルナがぴくりと耳を動かし、勢いよく顔を上げる。

「バルド様の課題⁉　そ、それはいったい何なのですか……？」

他の者たちも真剣な表情になって俺の方を見た。

「そう身構えるな。とても簡単な課題だ。明日から一週間のうちに、〝何かを作って〟俺に見せに来い。どんなものでもいい。出来が悪かろうと、真剣に作ったものであれば合格とする」

この世界でも戦いに明け暮れていた配下たちには、何かを作ることで少しでも自分の未来に目を向けてほしい。そう考えて決めた課題だったのだが……。

「——」

皆の表情に緊張が走り、沈黙が落ちる。

これまでの真剣さとは別物の——臨戦態勢にさえ思える闘志を湛えた瞳で少女たちは俺を見つめた。

「バルド様からの初めての課題……つまりこれが最初の一手になるわけですね？」

ルルナが低く抑えた声で問いかけてくる。

――最初の一手？　確かに学長としては初めての仕事だが……。

「まあ、そうなるな」

とりあえず肯定の言葉を返すと、ルルナはごくりと唾を呑み込む。

「今のルルナたちが何を為せるのか……何を生み出せるのか……それによって今後の計画が左右されると……？」

――今後の計画……カリキュラムについては確かに調整が必要か。

「その通りだ」

「分かりました――ルルナは必ずバルド様が満足されるモノを用意してみせるのです！」

気合が入り過ぎている声でルルナが答える。

「バルド様の課題……これはリドたちに課せられた試練……全てを手中に収めるための第一歩」

リドは表情こそ冷静だが、無意識に手に力を込めていたらしく、持っていたフォークがぐにゃりと曲がっていた。

「どんなものでもいいとなると…………私たちの器が試されることになるでしょう。この課題で現在の序列が定まるかもしれませんわね」

マリアベルの言葉に、場の空気がピリつく。

「ふーん、面白いじゃん。ま、少なくともマリアベルみたいな怠け者には負けないと思うけど」

ヴィータがそう言うと、マリアベルは薄く微笑む。

「どうでしょうか……働き者が優秀とは限りませんよ」

バチバチと二人が睨み合う中、ロゼアは気合を入れている。

「ぜ、前回のお料理では失敗してしまいましたから……それを挽回してみせます！」

「あたしはとっておきの発明でバルド様を驚かせるでち！」

ラトニはもう何を作るか決まっているらしく、楽しそうな表情を浮かべていた。

「いや、そこまで必死になるほどの課題ではないのだが……」

予想外に彼女たちが気合を入れているので、俺はそう言っておく。

しかしルルナは真剣な表情を崩さずに、大きく頷いた。

「分かっているのです。バルド様にとっては万事が容易いこと——ですが人として転生した今のルルナたちは魔族だった頃に比べてあまりに脆弱で未熟……必死にならなければ、バルド様にお見せできるようなものは作り出せないのです……！」

「そうか……」

必死になることは決して悪いことではない。

ここは水を差さずに任せた方が良さそうだ。

「大丈夫なのですよ！　必ずバルド様の期待に応えてみせますから！」

豊かな胸をぽゆんと叩いてルルナは請け合った。

「……分かった。楽しみにしておこう」

皆を信じることにして、俺はそう答える。

この言葉がさらに――特にルルナの心に火を点けたことを、この時の俺は自覚していなかった。

6

学院都市の中央に位置する大聖堂――その南には学院生用の宿舎があり、東西には講義を受けるための校舎が何棟も立ち並んでいる。北は演習場を始めとした屋内外で訓練ができる施設があるが、生徒が六名しかいない現在はどこも閑散としていた。

そんな学び舎に鐘の音が響く。

ゴーンゴーンゴーン……。

執務室で学長の承認が必要な書類に判を押し続けていた俺は、外から聞こえてきた重く響く音に顔を上げた。

「正午の鐘か」

昨日までは鳴っていなかったが、鐘楼の修理も終わったようだ。

「……授業も確か正午までだったな」

配下たちはどうしているかと校舎の方の気配を探る。

すると授業が行われていたと思われる教室から、六つの気配が勢いよく飛び出し、四方に散っていく様子が感じ取れた。

恐らく、早速俺の出した課題に取りかかるのだろう。

心配なのは凄まじい速度で街の外へ駆けていく二つの気配。

あれはルルナとリドだ。他の者は学院都市内で何かを作るらしい。

――いったい街の外で何をするつもりだ？

確かめたい気持ちが湧き上がるが、彼女たちも作る過程は見られたくなかろうと、俺は気配を追うのを止めた。

そこからは再び、淡々と判をつく。

学長の引き継ぎに関する書類や、街の立て直しに関する支援金などの申請書――いくら捌いてもキリがない。

この程度で魔人である俺が疲れるわけもないが、ひたすらに退屈な作業ではあった。

そうしているうちに日が傾き、執務室の窓から橙色の夕日が射し込んできた頃、部屋にノックの音が響く。

「――入れ」

もはや無心で判を押していた俺は、作業の手を止めて扉の向こうに呼びかけた。

「はい……」

部屋に入ってきたのはリドだった。

いったいどこへ行ってきたのか――髪や服は砂埃で汚れ、何かを隠すように両手を後ろに回している。

「バルド様……リド、作ってきました。課題……見て、欲しいです」

もじもじしながら彼女は言う。

「早いな」

「リドが一番になりたかったから……急ぎました」

そう言うと彼女は俺に近づいてきて、後ろに隠していたものを披露する。

「これ――バルド様に。世界征服のために、きっと役立つ」

リドが差し出してきたのは、煌(きら)びやかな宝石が連なるネックレス。元は指輪などの他の装飾品に使われていたものを繋(つな)いだ品のようだ。チェーンは金色でかなり豪奢(ごうしゃ)だが、決して悪趣味ではなく気品が感じられた。

――世界征服のため、か。

それが目的ではないのだが、配下たちは俺の課題をそう解釈したらしい。

「リド……昔から……黒竜の時から宝石やピカピカしたものが好きで――この体になってからも、色々なアクセサリーを集めてました。自分で作ったのは初めてだけど……思ったより上手(うま)くできたと思います」

恥ずかしそうにリドははにかむ。

これなら確かに〝作った〟と見なせるだろう。

一見すれば人間らしい〝物作り〟の第一歩。だがそれは、これが単なるネックレスであればの話だ。

俺は宝石のネックレスから感じる濃密な魔力の気配に眉根を寄せる。

「……宝石の一つ一つに魔術が込められているようだな」

「そう、一目で分かるなんて……さすがはバルド様。この宝石には、増幅反射系の魔術を仕込んであります。もしも今後、ヒュラス学長のような狼藉(ろうぜき)者が現れても、バルド様の手を煩わせることなく滅殺できます」

「滅殺……」

手作りのネックレスには似つかわしくない単語だ。

「そう、滅殺。魔術自体は第六階梯のものだけど、それを十数個連結させたことで理論上は第十三階梯の魔術でも反射できる容量がある……はず。まあ、そんな無理をした場合は一回で壊れるかもしれないけど……」

残念そうにリドは言う。

「いや、第十三階梯にまで対応させた時点で大した品だ。そもそもこの世界の人間が使える魔術では、これが壊れるような事態は起こり得まい。ただ……」

首飾りを着けて欲しそうにしているリドを見ながら言葉を続ける。

「意図せずに魔術を反射してしまうことも考えられる。これは俺自身が戦場に出る時にだけ身に着けることにしよう」

二人きりの時には攻撃を仕掛けてくるヴィータもいる。普段使いは危険だろう。

「分かりました……その時は、忘れずに」

念を押してくるリドに俺は頷く。

「ああ、約束しよう。それにしても――これだけの宝石をいったいどこから調達したのだ?」

確か彼女は街の外へ出ていたはずだがと、俺は疑問の眼差し(まなざし)を向ける。

「近くにあった盗賊ギルドの拠点を壊滅させ、入手しました」

「盗賊ギルド……?」

俺が聞き返すとリドは説明する。

「空き巣や強盗――そうした犯罪行為を繰り返す者たちが集まる組織です。様々な理由で学院都市から逃亡した元勇者が幹部になっていることが多く、それなりの戦力を有しています」

「……その拠点の一つを壊滅させたのか」

「はい。盗賊の被害は度々報告されていたので、拠点が近くにあるはずだと思い、捜索してみたら……案の定でした」

胸を張ってリドは答えた。

彼女が砂埃に塗(まみ)れていた理由を知り、俺は苦笑を浮かべる。

「それはご苦労だったな。しかしそうなるとこの宝石は近隣の村の――」

「リドは、強欲の黒竜――この世全ての財宝はリドのもの。そしてリドのものは、バルド様のもの。だから、遠慮せずに受け取ってください」

ずいっと俺にネックレスを押しつけてくるリド。

「いや……それは魔族だった頃の価値観だろう。今のお前は人間の勇者なのだから、形だけでもそのように振る舞うべきだと思うのだが」

魔王だった頃の俺なら断る理由などないが、この課題は彼女たちをもっと〝人間らしく〟するためのもの。受け取っていいものか迷っていると、リドは堪(こら)え切れなくなった様子でくすりと微笑む。

「……冗談です。〝輝石(ジュエル)の勇者〟の称号をはく奪されかねないような真似(まね)は、リドでもしません。バルド様の世界制服を遅らせてしまうようなことは、ダメです」

「何？　では──」

視線で問いかけると、リドは頷く。

「全学院に共通する規則で、勇者が犯罪者から押収(おうしゅう)した金品は、たとえ持ち主が分かっている物でも報酬として一割が貰(もら)えます。奪還した物の九割は、近くの村の自警団に渡してきました。これは自分の取り分で作ったものです」

「なるほど──しかし、お前が冗談を言うとは」

その点に関しては心底驚き、俺はまじまじとリドを見つめる。

黒竜グリドラは、強欲で尊大で生真面目で──冗談を口にしたところなど一度も見たことはなかった。

「これでも……この体で十五年ほど生きています。人間の群れに紛れるために、ユーモアは効果的です」

「——お前たちも成長しているということか」

そう呟いて、彼女の手からネックレスを受け取る。

もしかすると俺が心配するまでもなかったかもしれない。人間として生きてきた日々の中で、彼女らも学び成長していた。

「それ……大切な時だけ身に着けてもらえるだけで、リドは十分嬉しいです。ただ——ちゃんとバルド様に似合うかどうかが心配で……今、一度だけ着けている姿を見せてくれませんか？」

俺の手に渡ったネックレスを見つめ、リドが遠慮がちに言う。

「分かった」

俺は部屋の隅にある姿見の前に移動し、自分でネックレスを着けようとすると、リドは素早く後ろに回り込んできた。

「バルド様、リドが手伝います」

「ああ」

彼女に任せることにして、俺は外したチェーンの端を渡す。

「ふふ……バルド様がリドの作ったものを身に着けて……ふふ……」

頭の後ろから、多少息の荒い声が聞こえてくるが、気にしないことにする。

「——できました。よかった……よく似合ってます」

ネックレスを俺に着けたリドは、鏡に映る俺たちの姿を見て安堵の息を吐く。

「でも、どんな宝石より……やっぱりバルド様の方が綺麗……」

そして彼女はそのまま背後から俺の首に腕を回してきた。

彼女の柔らかな頰が俺の首筋に押しつけられる。

「バルド様……このネックレスは、今こうしているリドの代わりです。もう……バルド様を包み込める黒翼は失くしてしまったけど……変わらず……必ず、お守りしますから。もう……前世のような無様は晒しません」

リドの声には、強い想いが込められているように感じられた。

「ああ——だが、一つ言っておこう。黒竜グリドラは決して無様などではなかった。聖竜から俺を守り抜き、その役目を見事果たしたのだ」

「……………ありがとう、ございます」

絞り出すようにリドは応える。

「だが、たとえこのネックレスが俺を守って砕け散る時が来ようとも、お前は同じことをするなよ。過去を後悔しているのであれば、今生においては俺を守り、お前自身も生き残れ」

「──はい。いつかバルド様が仰っていた〝欲しいもの〟も、必ずこのリドが献上してみせます」

今度の返事には、揺らぎのなき、確固たる意志が込められていた。

そのままリドは俺から離れようとしなかったが、今は好きにさせてやることにして、俺は判をつく仕事へと戻った。

その日の夕食。食堂に集まった配下たちは、リド以外かなり憔悴した様子だった。

「はぅ～……全然上手くいかなかったのです……」

いったい何をしてきたのか、ルルナは椅子の背もたれに体を預け、疲れ果てた顔で天井を仰いでいる。

都市内の魔物を殲滅した時もこれほどの疲労は見せていなかった。ルルナにとって今回の課題はかなり難しいものだったようだ。

他の者たちも試みが上手くいかなかったらしく、思い悩んでいるような顔をしている。

だがそこに満足げな笑みを浮かべているリドと共に俺が現れたことで、皆は表情を変えた。

「……先を越されてしまったようですね。こうなったら……速さよりも質で勝負するしかないかもしれません……」

マリアベルがそう呟くと、ロゼアは大きく頷く。

「は、はい……その通りです！　私だって……負けません！」

他の者たちも妙な気迫を漂わせ、俺とリドをじっと見つめていた。

「なっ……何なんですの？　この空気は!?」

最後に食堂へやってきたエウロパが、ひりついた雰囲気の食卓を見回し、驚きの声を上げる。

けれどその疑問には誰も応えることなく、皆は先を争うようにして勢いよく料理を食べ、あっという間にそれぞれの自室へ引き上げてしまう。

「……放置プレイですか。バルド様以外にされても、あまり嬉しくはありませんわね」

エウロパはそんなことを呟きながら、最後まで食堂に残ってゆっくりと料理を味わっていた。

翌日もさらにその次の日も――課題提出者は誰も現れなかった。

リドと共に俺の寝所を守るルルナは、よほど疲れているのか、ベッドに入るとすぐに眠りにつき――朝はリドが体を揺すらないと起きないほどだった。

どうやら皆、かなり根を詰めているらしい。

そうして課題を提示してから六日が経ち、間に合わなかった場合のことを考えていなかったなと、俺が気付いたところで――事態は一気に動く。

その日も俺は執務室で山積みの書類を片付けていた。太陽が西の空へ沈んで執務室が暗くなり、そろそろ夕食の時間が近づいた頃、部屋の外から慌ただしい足音が聞こえてくる。

「――が――に――」

「――です！　私が――！」

何やら言い争う声と共に執務室へなだれ込んでくる少女たち。

「……いったい何の騒ぎだ？　課題のことなら、夕食の場でも――」

仕事の手を止めて、呆れ混じりに訊ねようとしたが……彼女らの〝姿〟に気付いて、言葉を失くす。

そこにいるのは、元夢魔のロゼア、元真祖のマリアベル、元邪精霊のヴィータ、元暴鬼のラトニの四名。

「……バルド様、ノックもせず申し訳ありません。ヴィータが後ろから押すもので……」

優雅に頭を下げて謝ったのは、かつての——真祖レイニーの装束を連想させる、青と黒を基調としたドレス。

裾は花が咲くように広がっているが、腰から上は体のラインが強調される作りになっており、胸元は大きく開いている。

深い黒と青に縁どられた、豊かな白い双丘は、彼女の動きと共に弾むように揺れた。

「人のせいにしないでよ。マリアベルが抜け駆けしようとしたからじゃないか。全く……普段はのろまなくせに、いざという時だけ素早いんだから」

腰に手を当ててヴィータがマリアベルを睨む。

彼女の服装も普段とは違う。ただ、マリアベルのようなドレス姿ではなく——それは〝鎧〟のようだった。

ただし体を覆う面積は、非常に少ない。胸と下腹部、肩と肘と膝——それと靴。あとは肌が露出しているので、水着に近い印象を受ける。

「お二人とも……喧嘩しないでください。バルド様に迷惑ですよ」

おずおずと注意するロゼアは黒いマントで体を隠していた。マントの下がどうなっているかは分からないが、彼女も制服姿ではなさそうだ。

「そうでち。こうなった以上は、仲良く一斉にバルド様に見てもらえばいいのでち」

そしてロゼアに同意するラトニの姿が、この中で最も異彩を放っている。

ラトニが身に着けているのは、ドレスでも鎧でもなく〝装置〟のように見えた。

魔術で駆動していると思われるいくつもの機械――チューブで連結した四角い装置をいくつも全身に装着したラトニは、ガチャンガチャンと硬い足音を響かせて、俺の方に向き直る。

「バルド様、あたしたちが課題で作ったものをご覧にいれるのでち！」

「……分かった。どうやら皆、時間を掛けて課題に取り組んだようだな。それだけで合格ではあるのだが――せっかくなので一人ずつ話を聞かせてもらおう」

俺は頷き、最初に部屋に入ったマリアベルへ視線を向けた。

「マリアベル、それは前世の姿に似せて作ったのか？」

問いかけると、彼女は頬を紅潮させて頷く。

「はい……！　私は――ロゼアもそうですが、大きく容姿の変わった他の者たちとは違い、前世とよく似た姿で人間に転生しました。だからこそ、前世の姿が自分の完璧な在り様に思えて………衣服だけでも近づけたいと思ったのです……」

ドレスの胸元に手を当て、マリアベルは熱く語った。

「そういうことか——だが、単に見た目を似せたわけではないようだが」

彼女のドレスからは濃密な魔力と——血の香りがする。

「その通りです……！　このドレスには数多(あまた)の命が織り込まれています。これを身に着けていれば、私はほぼ不死身。かつて——私が吸血鬼の真祖だった頃のように。これでバルド様の配下として恥じない働きができるでしょう」

頬を紅潮させて頷くマリアベル。

「数多の命——そうか、それがダメージの肩代わりをするのだな。だが、それだけの命をどこから集めた？」

術式は見事だが、彼女が魔族の頃のような所業をしてはいないかと心配になる。

「異世界の魔物の襲撃によって、このアルゴスで散った命……大地に沁(し)み込んだ血——それらを魔術で抽出し、糸に加工しました。死んだ者たちの無念……無駄にはしません」

マリアベルは俺の目を見て答えた。

——まるで、本当の勇者みたいなことを言う。

非道を働いたどころか、その逆。

ファンタジア
FANTASIA
チャンネル
CHANNEL
2024
4
乙女＆ギャルゲー世界で、
彩禍ヒロインズを攻略せよ！
CV内田真礼
ASMRボイスドラマ同時発売！

ドラゴンマガジン5月号

ファンタ
灰色の一人暮らしに、
『尽くしたがりな天宮さん』が
現れて――

現実離れした美少女転校生が、
親の決めた同居相手で困る

著：水棲虫　イラスト：れーかるる

大企業の四男という“オイシイ”立場だった健は、実家の都合でお嬢様と同居することに。相手の天宮玲奈は、料理から家の掃除まで“尽くしたがり”っぷりを発揮して――じれったい２人の、青春恋愛小説。

新作！

ックス情報

俺のためだとは言っているが、勇者として戦ってきたことで考え方にも大きな変化が生まれたのかもしれない。

「ただ――裁縫など初めてで……正直に言うと、一人では無理でしたわ。このままでは期限に間に合わないと思い、ロゼアに教えを請いました。バルド様のメイドを務めていた彼女は、家事全般のエキスパートですから」

ロゼアに視線を向け、マリアベルは語る。

確かにロゼアだけは、魔族だった頃から料理も裁縫も得意だった。それは役割上必要だったからだろうが、他の者と比べて技量の差があるのは当然と言える。

「いい判断だ。他人に教わったことを咎めるつもりはない。むしろこの課題においては、褒めるべきことだ」

俺がそう言うと、マリアベルは安堵の表情を浮かべる。

「よかったですわ……」

「ただ――俺は人間になったお前が不完全だとは思わん。少なくともその衣装を纏ったお前は、前世よりも美しい」

これだけは言っておかねばならないと、俺は嘘偽りない感想を述べた。

「っ……も、勿体ないお言葉です……」

肌を火照らせたマリアベルは、顔を伏せて一歩後ろに下がる。

「ねえ、バルド様。そろそろボクの課題を見てよ。これから始まる世界征服のため――本気を出せる姿になってみたんだ」

するとその隙を突いて、ヴィータが前に進み出てきた。

――世界征服のため、か。

俺としてはそんな意図はなかったのだが、彼女たちはそのように今回の課題を解釈したらしい。ただ、それで皆が真剣に物作りに取り組んだのなら、この試みは成功と言えた。

ヴィータの〝作品〟もなかなかに大したものだ。

水着のように露出度の高い鎧をまじまじと観察する。

「表面積こそ少ないが、しっかりと魔術付与もされた鎧だな。意匠も凝っていて、見事な作りだと言っていい」

「ふふん、やった！　まあボクもラトニの工房を借りて、色々と手伝ってもらったんだけどさ。でも、肝心な部分はちゃんと自分で作ったからね」

胸を張りつつも、ラトニも人の手を借りたと明らかにした。

大人しく順番を待っていたラトニは、俺と目が合うと無言でピースをする。

「だが……何故このような構造になったのだ？」

そこが気になって俺はヴィータに問いかけた。

「ボクは雷を纏っての高速戦闘が得意なんだけど、服なんて必要なかった精霊体とは違って、人間の体で本気を出すと布製の服は全部燃えちゃうんだよね。かと言って金属鎧で全身を覆うのは重すぎるし――こういう極限まで軽装の鎧がずっと欲しかったんだ」

そう言うとヴィータは口を尖(とが)らせる。

「実は鍛冶屋に発注したこともあるんだけど、勇者様にそんな鎧は着せられません――学院からも止められるはずですって言われて……どこも引き受けてくれなかったんだよ」

「――規律を重んじる学院でなら、そうかもしれんな」

こんな格好で出歩かれたら、勇者の権威が保てないと考える者もいるだろう。ただ当然、俺はそんなことは気にしない。

「だがこの第０学院都市でなら自由だ。戦闘の際は本気を出せる姿になるといい」

もちろん俺に挑む時も。

そういう意図を言外に込め、ヴィータを見つめる。それは彼女にも伝わったらしく、嬉(うれ)しそうな笑みが返ってきた。

「ありがと、バルド様。ふふっ――楽しみにしててよね」

不敵な表情を浮かべるヴィータ。

「ああ」

彼女に頷き返してから、次はどちらにしようかと視線を移す。ロゼアとラトニはほぼ同時に部屋へ入ってきたはずだ。

「わ、私は最後で大丈夫です！」

しかし目が合ったロゼアは、体に巻きつけたマントをぎゅっと握りしめながら、順番をラトニに譲る。

「――と、いうわけらしいが……ラトニよ、それはいったい何だ？　こちらへ転移して来た時に背負っていたモノにも似ているが……」

ずっと訊ねたくて仕方がなかった〝装置〟を俺は指差した。

「さすがはバルド様でちね。これは前作と同じく人間の体では扱えない魔術を行使するための拡張パーツ――新しい発明品でち」

えへんと胸を張るラトニ。

「新しいということは、転移魔術ではないのだな」

「そっちはまだ不安定なので調整中でち。今回はもう少しお手軽で、かつバルド様のお役に立ちそうな高位魔術を搭載しまちた」

ラトニはそう言って、手首に着けた装置のスイッチを押した。

「では早速披露するのでち！　天譜・第八階梯(かいてい)――千里眼(アスラ)！」

腕を高々と掲げてラトニが呪文を詠唱すると、彼女の周囲にいた俺たちの体を一瞬だけ淡い光が包み込んだ。

対象に特定の魔術を付与する装置らしい。普段だと無意識で弾いてしまうため、体を包む魔力を薄くして、ラトニの魔術を意図的に受け入れた。

「千里眼(アスラ)――距離や障害を無視して、あらゆるものを見通す遠視魔術か。俺は自分で使えるが、これをお前たちも運用できるようになれば戦略の幅は広がるだろうな」

この系統の上位には因果をも見通す第十三階梯の〝運命眼(ラプラス)〟があるが、さすがにそこまでは難しかったらしい。だが千里眼(アスラ)でも人間には過ぎた力だ。これは褒めてやらねばと思ったところで、異常に気付く。

「ん？　ラトニ、装置はどうした？」

いつの間にか、ラトニは全身に装着していた魔術装置を脱ぎ、いつもの制服姿になっていた。

「……？　どうもしてないでちよ？　それよりバルド様、いつ上着を脱がれたのでちか？」

「…………」

視線を下ろす。確かに今の俺は上着を着ていない。そう〝見える〟。

——これはもしや。

嫌な予感を覚えて顔を上げると、ラトニの後ろにいたマリアベル、ヴィータ、ロゼアの服が徐々に透けていく。

「……む」

俺はその光景に眉根を寄せた。

せっかく作ったマリアベルの衣服は透け、あられもない下着姿になってしまう。

鎧しか身に着けていなかったヴィータは、その裸身を俺の前に晒す。

さらにロゼアのマントも透け、隠されていた彼女の衣装を露わにした。

「な——こ、これは……何てはしたない姿を……！」

自分の状態に気付いたマリアベルは、両手で胸を隠して座り込む。

「あ、あれ？　ちょっ——ボクの鎧どこにいったのさ⁉　頑張って作ったのにーっ！」

全裸のヴィータは羞恥こそ覚えていないが、鎧を失くしたことに慌てて辺りを見回す。

「そ、そんな——私、まだ心の準備が……」

意図しないタイミングで衣装を晒したロゼアは、慌てふためく。

彼女は下着姿でも全裸でもない。だがこの場にいる誰よりも、その姿は扇情的だった。

胸元に大胆な切れ込みがあるレオタードに、肉付きのいい足の美しさを引き立てる網タイツ。服の隙間から覗く胸は、今にも先端が見えそうな際どさだ。

「これは……第八階梯の千里眼ではないな」

魔術の効果を確認した俺は、ラトニに指摘する。

「あー……そうみたいでちね。出力が足りていなかったのかも——これは失敗……あたしは不合格でちか」

がくりと肩を落とすラトニを見て、俺は言う。

「そんなことはない。他者の服を一枚だけ器用に透視する魔術など聞いたこともないぞ。偶然とは言え、これは紛れもなくお前の〝発明〟だ」

「あたしの発明……ありがとうございますでち！　確かにこれもある意味成功なのでち！」

笑顔に戻ったラトニを見て俺は安堵を覚えつつ、ロゼアの方に視線を移す。

「最後はロゼアだが……」

「ば、バルド様、これはその——先日の夕食の件でご存じかと思いますが……私の魔力には夢魔としての性質が宿っているらしく……それを何とかバルド様のために活用できないかと考えまして……」

俺と目が合うとロゼアは肌を火照らせて言う。

「夢魔の能力――精神感応か。軽度でも発情により正気を失うほど強力だが……その魔力を上手く制御しているようだ」

彼女から伝わる魔力を感じながら俺は呟く。

「はい……これは私の魔力を吸収し、徐々に発散させる衣装。魔力を溜め込む性質がある異世界の魔物――城壁級の甲殻をすりつぶし、染料として用いてみました」

「ほう、奴らの骸にはそのような利用法があるのだな」

俺は感心して言う。

「私たちが世界を統べるためには、外交は今後ますます重要になってまいります。重要人物を軒並み傀儡にしてしまえれば簡単なのですが、今の私では永続的な精神支配はできません。そこで逆に魔力を抑え、相手を軽い発情状態……〝何となく好意を抱かせる〟ことで、交渉を有利に運ぶことにしたのです」

「いい考えだな。このレベルの精神感応であれば、普通の人間は気付くこともできんだろう」

「……お褒めいただき光栄です。もしも今後、会談の場などあればぜひ私を同行させていただきたく――」

「ああ、そうすることにしよう」

「嬉しい……です」

涙目になってロゼアは喜ぶ。

そこで彼女が纏う衣装がボウッと淡い光を放った。

「バルド様、ロゼアだけ……ずるいですわ」

すると下着姿のマリアベルが前に出てきて、椅子に座る俺の横へと回り込む。

「私にも──もっとお言葉をくださいませ。そうでないと……私、満たされそうにありませんの」

「マリアベル？」

さっきまで恥ずかしがっていたはずだがと、俺は眉根を寄せる。

「そうだよー！　ボクもボクも！　バルド様ー！　ボクってすごいよねー？」

するとヴィータまで甘えたような声ですり寄ってきた。

視覚的には裸のままなので、妙に落ち着かない気分になる。

「んー……なんだか体がポカポカしてきたでち……」

見ればラトニもぼーっとした表情を浮かべている。

──これは……。

改めてロゼアの方を見ると、彼女の衣装から濃い魔力が溢れ出ているのが分かった。

どうやらロゼアの感情が大きく揺れ動いたせいで、衣装に溜め込める魔力容量をオーバーしてしまったらしい。

こちらもまだまだ改良の必要はあるようだ。

「ラトニ、透視魔術を解除してくれないか？」

一先ず視覚的な問題を解決するため、俺はラトニに声をかける。

「はいでち——あれ？　スイッチが反応しない……」

「ラトニ？」

「ごめんなさいでち。でも、効果は十分で切れるはずでちから、もう少しだけ待ってほしいのでち」

「十分……か」

俺は大きく息を吐く。

マリアベルは俺の右側から下着姿で胸を押しつけ、ヴィータは左から裸でくっつき、ロゼアは俺の正面で恥ずかしげに体をくねらせている。

「…………」

自身の内より湧き出る未知の感情に少々戸惑いながら、時を待つ。

たった十分がこれほど長く感じられたのは、初めての経験だった。

7

「そっか……わたしが、最後なのですね」

その夕食で他の皆が課題を提出したと知ったルルナは、がくりと肩を落とした。

また学院の外へ出ていたらしく服は土埃（つちぼこり）で汚れている。食堂に現れたのもギリギリだった。

「慌てなくてもいい。不出来なものでも、失敗したとしても、恥じることはない。俺はただ、お前の作ったものを見てみたい。それだけだ」

「あたしも失敗しましたでち！」

俺の言葉にラトニが続く。

「私の衣装も不完全で、バルド様にご迷惑をお掛けしてしまいましたし……」

ロゼアも申し訳なさそうに言う。

だがルルナの表情は晴れないままだった。

「――ありがとうございます。でも、わたしは……」

言葉の途中でぐっと歯を噛（か）みしめると、彼女は下を向いてしまう。

決して大切な配下を追い詰めたいわけではなかった俺は、その様子に胸騒ぎを覚える。
そして翌日——課題の提出期限日。ルルナは夕食の場に姿を現さなかった。

執務室の壁には、ミノス大陸の地図が貼られている。

大陸は牡牛(おうし)の顔を連想させる形をしていて、北東と北西に角のごとき半島があり、南へ行くに従って大地は徐々に狭まっていく。

第0学院都市アルゴスは牡牛にたとえると顎のあたり——大陸の最南端に位置している。かつて人類は異世界の魔物にここまで追い詰められてから、逆襲を開始したらしい。

他の学院都市を表すマークは、大陸の外周に近い場所にそれぞれ記されていた。

王都があったという大陸中央部は、未(いま)だに魔物の領土。異世界に続くという〝門〟が複数存在するという。

そんなことは長年勇者を務めていたルルナは知っているはずなのに、彼女の気配はここから北へ——内陸側、数十キロ先に感じられた。

転移魔術が使えなくとも魔術で身体能力を強化すれば、一時間程度で行ける距離ではあるが……思っていたよりも遠い。

しかもこれは恐らく先日魔物を掃討した範囲の外。その上内陸側となれば、他の〝門〟から出てきた魔物と遭遇する可能性も高いだろう。

「……迎えにいくとするか」

闇に覆われた窓の外へ視線を向け、俺は転移魔術を発動する。

周囲の景色がぐるりと入れ替わり、俺は丈の高い草が生い茂る森の中に降り立った。

濃密な緑の香りと、酸味を帯びた独特な血腥さが鼻を衝く。

「はぁ……はぁ……はぁ……」

そこにいたのは、魔物の死骸に剣を突き立てて、肩で息をするルルナ。

俺の匂いに気付いたのか、彼女はハッとした顔でこちらを向く。

「バルド様——ど、どうしてこんなところに……！」

「夕食に現れず、夜が更けても帰ってこないので迎えに来た」

俺がここへ来た理由を語ると、ルルナは申し訳なさそうに項垂れる。

「すみません……でもわたし、ギリギリまで頑張りたいのです。きっと……きっとあと少しで——」

どうやら気付いていないようなので、俺は持参した懐中時計をルルナに見せた。

「残念だが、もう日付は変わったぞ」

「あ……」

午前0時を回った時計の針を見て、ルルナは剣から手を離し――よろよろと魔物の死骸の横に座り込んだ。

「間に合わなかったのです……結局、わたしだけ……」

「いったい何を作ろうとしていたんだ？」

項垂れるルルナに俺は問いかける。

「わたしの牙を――ううん、魔剣を作りたかったのです」

「魔剣？」

問い返すと、ルルナは顔を上げて頷いた。

「前世でわたしは、命と引き換えにして勇者の聖剣を噛み砕きました。そう……あの牙があったからこそ、わたしはほんの少しだけバルド様のお役に立てたのです。でも今のわたしにはあんな武器はありません……」

口に手を当てて、ルルナは大きく息を吐く。

「だから――こうしてバルド様が現れてくださった以上は、牙に代わるモノが必要だと思ったのです。あの勇者が持っていたものより強い武器が……」

「それで魔剣か」

ようやくルルナの意図を理解し、俺は魔物の死骸に突き刺さったままの剣に視線を向けた。

「数多(あまた)の命と血を啜(すす)った剣は、時に特異な力や意思さえ持つ〝魔剣〟と化す。斬った対象の魔力を吸収する魔術を付与しておけば、意図的にこの現象を起こすことも可能だった——俺たちが前に生きていた世界では」

俺が呟くとルルナは頷く。

「はい、だから剣に魔力吸収の魔術を掛けて……毎日手当たり次第に魔物を倒していたのです……」

彼女が毎日疲労していた理由が分かった。だがその努力は——。

俺は言葉を選んで彼女に告げる。

「ルルナ、この世界には異世界からやってくる魔物はいても——原生敵対種、すなわち魔族はいない。魔剣も魔族の一種だ。どれだけ魔力を吸わせても、恐らくその剣が魔剣に変じることはないだろう」

「そ、そんな……」

愕然(がくぜん)とした表情を浮かべるルルナ。

これは前世の記憶があるがゆえの失敗だ。魔族が撤廃されたことを知るのは、俺とエウロパだけ。勘違いするのも仕方がない。だが……。

「ルルナ、早とちりはするな。俺はお前のしたことが無駄とは言っていない」

「え？　でも……」

戸惑うルルナに俺は剣の方を見るように促す。

「実際、剣にはかなりの魔力が溜まっている。この一週間で、どれだけの魔物を倒した？」

「えっと……千体以上は狩ったと思うのです。さすがに一人で〝門〟へは近づけなかったので、大物はあまり倒せていないのですが……」

その返答は、正直予想以上だった。

「それだけ討伐したならば、近隣への脅威はかなり減じたはずだ。勇者として、賞賛されるべき功績だな」

「バルド様……？」

俺の意図が分からないルルナは、さらに困惑を深める。

「では早速、お前の働きを労おうではないか。来い——聖女エウロパ」

そう告げて、俺は手を翳す。

言葉に込めた魔力によって転移魔術が発動し、遠く離れた学院都市内にいたはずのエウロパを強制的に呼び出す。

「きゃあっ⁉　こ、ここは――」

地面にぺたんと座り込んで辺りを見回すのは、一糸まとわぬ姿の聖女。

青みを帯びた髪は濡れ、体からも水が滴っている。

大きく豊かな胸が彼女の動きに合わせて大きく揺れた。

「…………」

あられもない姿だが神だと知っているためか――側近たちに迫られたりした時と違って何も感じない。

「ば、バルド様⁉　わたくし、湯浴みの最中だったのですが……こんな森の中へいきなり呼びつけるなど――も、もしや野外で……」

何を勘違いしているのか、顔を赤くしたエウロパはもじもじと体をくねらせる。

「黙れ。お前はただ聖女としての役割を果たせばよい。さあ――たった一人で千もの魔物を討った勇者と、その剣に〝祝福〟を」

鋭く命じると、エウロパはようやくこの場にルルナもいることに気付いたらしく、ぱちぱちと瞬きをした。

そしてルルナと彼女の剣を交互に見て、俺に視線を戻す。

『どういうことですの、バルド様？』

念話で問いかけてくるエウロパ。

『察しの悪い女神だな。ルルナの剣に神の加護を与えろと言っているのだ。今のお前に力がなくとも、剣自体に魔力が溜まっている。ならば、かつての――〝本物の勇者〟に力を貸した時と同じことができるのではないか？』

ルルナに聞かれぬように俺も念話で答えると、ようやくエウロパの顔に理解の色が浮かんだ。

『……そういうことですか。確かに可能かもしれませんが……本当にバルド様は、配下の方々に過保護なのですわね。わたくし、いたぶられる方が好きですけど――それでも少し羨ましくなってしまいます』

羨ましそうに言うエウロパに、俺は感情を込めずに返す。

『いいからやれ』

『まあ、恐ろしいお方。ふふ、ゾクゾクしてやる気が出てまいりました。では試してみますわね』

相変わらずどこまで本心か分からない笑みを浮かべ、エウロパは裸のままルルナに歩み寄る。

先ほどまで恥ずかしがっていたのに、その姿は堂々としていて神々しくさえ思えた。いや、神なので神々しいのは当たり前ではあるのだが。

「ルルナさん、剣を持ってわたくしの前に立っていただけますか？」

「……？　いいですけど……」

俺の方を横目で窺いながら、ルルナは魔物の死骸から剣を引き抜き、エウロパの前に立った。

「勇者ルルナ・プラウド。よく頑張りましたわね。わたくしは神の御言葉を代弁する聖女として、あなたとその剣に祝福を与えましょう」

両手の指を組み、厳かに彼女は告げる。

ピリッと肌が痺れるような気配。魔人である俺には分かった。彼女の言葉に、神としての権能が宿っていることを。

次の瞬間、ルルナが手にしていた剣が眩く輝く。

ルルナの剣に蓄積された魔力が女神の言葉に触れ、〝神の加護〟という力に変成される。

「えっ……？　な、何が起こっているのです？」

ルルナはまだ分かっていないようだが、俺は試みが上手く行ったことを理解していた。

「お前はそもそも勘違いしていたんだ。勇者が持つべき武器は魔剣ではない」

この世界に魔族はいない。ゆえに魔剣は生まれないが、神であればすぐ近くにいる。

俺はルルナの剣を示して言う。

「――聖剣だ」

光が弾けると、ルルナの剣は姿を変えていた。

刀身には炎のような文様が刻まれ、柄には魔力が凝縮した宝玉が煌めいている。

「聖剣……勇者の剣――それを、ルルナが？」

呆然と剣を見つめてルルナは呟く。

「相応しい働きをしたのだから当然だ。剣に溜め込んだ魔力は奮闘の証明。聖女が――神がそれを認め、加護を与えたのだろう。お前の牙は、これで戻った」

「っ……バルド様、ありがとうございます！」

そっと剣を鞘に納めてから、ルルナは目に涙を滲ませ、感謝の言葉を口にする。

「礼を言う必要はない。俺はただ聖女を連れてきただけ。全てはお前の努力によるものだ」

俺はそう言うが、感極まった様子でルルナは正面から抱き付いてきた。

「それでもバルド様のおかげなのです！　上手く言えないけど、わたしはそう思うのです！」

「……そうか」

ぎゅっとしがみついてくるルルナの体の熱と柔らかさが、とても心地よく感じられる。

『バルド様は、本当に配下の方々が愛おしいのですね』

横から俺の顔を眺めていたエウロパが、念話で話しかけてくる。

――愛おしさ、か。

この感情はそういう名前なのかと思いながら、俺はルルナの頭を撫でた。

「とにかくご苦労だったな。これでお前も自分の作りたいものを作れたわけだ」

そう労うと、何故かルルナは表情を曇らせる。

「いえ――期限は過ぎてしまったので、ルルナは不合格なのです。悔しいですけど、そうじゃないとリドや皆が頑張った意味もなくなってしまうのです」

「………………」

うなだれる彼女を見つめた後、俺は手にしていた懐中時計に視線を移した。

「――ああ、すまない。俺の見間違いだったようだ」

「え？」

きょとんとするルルナに俺は言う。

「まだ日付は変わっていない」

そう言って懐中時計を見せる。

針が指し示すのは午前0時の一分前。

「あ、あれ……本当なのです。じゃあ……ルルナは……」

「ああ、合格だ」

俺は彼女の目を見つめて告げた。

「合格──合格っ‼ やったのです！」

歓声を上げてぴょんぴょん飛び跳ねるルルナ。

喜んでいる彼女は気付いていないが、傍にいたエウロパは眩暈を感じた様子で膝をついている。

『………バルド様、いったい何をされたのですか……？ まさか事象全てを逆流させて……』

エウロパからの念話に苦笑を浮かべた。

『そんな大層なことはしていない。時間を少々〝調整〟しただけだ。数分程度であればさほど問題はあるまい』

〝日付は変わっていない〟という言葉に込めた魔力は、この世界における〝時間を観測するもの〟全てに作用した。

つまりこの世界全ての時計が数分だけ遡ったのだ。

俺の認識を無理やり押しつけられた世界が、可能な限り負荷の少ない方法で事象を調整したとも言える。

『事象全てを遡らせるほどの負荷に、貴様は耐えられまい？』

『……お気遣い感謝いたしますわ。ただ今のも中々にキツいと言いますか……癖になりそうな衝撃でしたわ』

頬を上気させている女神はもう無視することにして、俺はルルナに言う。

「ルルナ、よく頑張った」

その一言だけで彼女は輝くような笑顔を浮かべた。

「ありがとうございますっ！　ルルナ・プラウドはこの聖剣で——今のわたしの牙で、バルド様の期待に応えてみせるのです！」

俺の目を見つめ、ルルナは力強く宣言する。

「分かった。ルルナが活躍する時を、楽しみにしておこう」

微笑(ほほえ)みながら頷(うなず)くと、ルルナも大きく頷き返す。

「くしゅん！　はっ……くしゅん！　体が冷えてきましたわ……」

そして裸のまま放置されていたエウロパのくしゃみが、夜の森に響いていた。

第三章　勇者の資格

1

「ずいぶん集まったものだな……」

俺は執務室の窓から大聖堂前の広場を見下ろし、少しばかり驚きながら呟いた。

広場には数百人の若者が集まり、入学試験の開始を待っている。

俺が学長になっておよそ一カ月。ついに新たな勇者を迎え入れる時が来たのだ。

「他の学院都市やその周辺の村々にも告知をしましたから。それに……今回はこちらの足元を見られているという部分も大きいかもしれませんわ」

後ろから聞こえたエウロパの声に、俺は振り向く。

執務室には聖女だけでなく、試験官を務めることになる輝石（ジュエル）の勇者たちも集合していた。

ただし日光が苦手なマリアベルだけは、試験会場の一つである地下演習場へ既に移動しており、魔術による映像だけを部屋の隅に投影していた。

『聖女エウロパ……それはいったいどういうことでしょう？』

そのマリアベルが念話で疑問をぶつけると、エウロパは苦笑を浮かべて答える。

「アルゴスには現在、たった六名しか学院生がおりません。なので本来なら実力不足で落とされるような者でも合格できるのではないかと——そんな噂が広がっているようです」

それを聞いてリドが露骨に顔を顰めた。

「……リドたち舐められてる」

その言葉にルルナは大きく頷く。

「この学院を侮るということは、バルド様のことも軽く見るということ——そんなことは絶対に許さないのです」

以前の課題で作った聖剣の柄に手を置き、ルルナは瞳に剣呑な色を宿す。

「これはちょっと思い知らせてあげないといけないかもねー」

ヴィータは不敵な表情を浮かべて呟いた。

「そうですね……この学院に所属するということは、バルド様の配下になることに等しいです。むしろ他の学院より基準は厳しいと分からせてあげなくては……足手まといは必要ないですし」

ロゼアも冷たい声音で言う。

「あたしは魔力量を計測できる装置を作ってきまちたから、厳しく見極めるでち」

魔術装置らしき箱を背負うラトニも、気合を入れている。

――これは、あまり良くないな。

皆の様子に俺は眉根を寄せ、一つ注意しておくことにした。

「待て。お前たちは勘違いをしている。彼らは我々の〝仲間〟になるかもしれない者たちだ。向けるべき感情は、決して敵意ではあるまい？」

俺はそう問いかける。

彼女たちが人間として生きて行くために、仲間はいた方がいいだろう。もし友人とやらができるのなら、皆の人生はさらに人間らしくなるはず。

ゆえに少し考え直して欲しかったのだが――。

「確かに……バルド様の仰る通りなのです！」

「リド、勘違いしてた。彼らは敵じゃなく――世界征服のための武器……」

反省した様子でルルナは頷き、リドは真面目な表情で呟く。

――武器？

何だか雲行きが怪しい。

「そうそう、武器を壊しちゃダメだよね。ちゃんと使えるかどうかを確認しないと」

ヴィータも納得した様子で大きく頷いている。

「必要なのは敵意ではなく……冷静な目をもって〝使えるかどうか〟を見極めること……バルド様はそう仰りたいのですね」

ロゼアが真摯な眼差し（まなざし）を向けてくる。

彼女たちが出した答えは俺の意図とは違うが、敵意を抱いているよりはマシだろうと判断し、俺は皆に頷き返す。

「……そういうことだ。各々（おのおの）、好きなように彼らの実力を測るといい。お前たちが〝使える〟と思える者でなければ、入学させても意味はないからな」

配下にやりたいことをさせるのが一番なので、全て彼女たちに任せることにする。

ただ——後になって、俺は少しだけ後悔した。

手加減ぐらいはしてやれと、言っておけばよかったと……。


正午を過ぎ、書類の確認も一通り終わったところで、俺は椅子から立ち上がる。

——少し様子を見てくるか。

学長としての責任というよりは、配下たちがどのような試験を行っているかが気になって俺は執務室を出た。

試験の邪魔はしないように、自身に掛けた封印魔術を利用して気配を可能な限り消しておく。

最初に向かったのは大聖堂の北側――演習場やグラウンド、体育館がある区画。

エウロパが作成した資料によると、そこでは基礎的な体力、運動能力を見極める試験が行われているようだ。

「試験は六つあるが……全てを突破する必要はなく、どれか一つでも合格すれば入学できるわけか。思っていたよりも甘いな」

歩きながら資料に目を通し、俺は呟く。あくまで素質を測るのが目的らしい。

この感じだとかなりの人数が入学することになりそうだ。

そう思ったのだが――俺はグラウンドでの光景を目にして、考えを改める。

「もう疲れたのですかー？　まだあと二百周はあるのです！　わたしに付いて来れないと合格できないのですよー？」

入学希望者を引き連れてグラウンドのトラックを周回していたルルナが、後ろを振り返って叫ぶ。

既にどのぐらい走ったかは分からないが、グラウンドの中央には脱落したと思われる者たちが何人も倒れている。

「ルルナと一緒に戦うのなら、魔術の補助がなくてもこの速度で長距離を走り続けられないとダメなのです。どんな作戦行動でもバルド様のために失敗は許されないのですから、妥協はしません！」

彼女が行っているのは単純な持久力を測る試験のようだが、こうしている間にも入学希望者たちは脱落し、トラックを外れてグラウンドに倒れ込む。

だがそれでも何人かは必死な顔でルルナについていくが——。

「あ、バルド様！」

ルルナがこちらに気付いて手を振る。

そして息も絶え絶えな入学希望者たちに呼びかけた。

「見るのです！　バルド様が見に来てくれたのですよ！　こんなノロノロと走っている場合ではないのです！　自分たちが〝使える〟ことを今ここで証明するのです！」

そう言ってルルナは一気に走る速度を上げる。

悲鳴を上げ、絶望の表情で脱落していく入学希望者たち。

「…………」

この試験を選んでしまった者たちには悪いことをしてしまったなと、俺はグラウンドに隣接する体育館へ足早に移動した。

ドンッ！

入り口から中へ入った瞬間、轟音と共に吹き飛ぶ人間を目にする。

そして俺の足元に転がってくるボール。

「──失格。次」

そう告げるのは、体育館の中程に立つリド。

彼女は隣に置いた籠からボールを取り出し、新たに進み出てきた入学希望者に告げる。

「リドはボールを十球投げる。避けても、受け止めても、体に当たっても、別にいい。最後まで立っていられたら合格」

ルールを説明するリドだが、入学希望者は既にブルブルと震えていた。

壁際で待機している他の者たちも、青い顔をしている。恐らく──ボールを受けて気絶している先人たちを目にして、萎縮してしまっているのだろう。

「では、始める」

ドンッ！

凄まじい球速に全く反応できず、ボールを顔面で受けた入学希望者が吹き飛ばされた。

それを見て、リドは深々と嘆息する。

「失格。そんなことじゃ、バルド様の盾にはなれない。避けられないのなら、根性で立ち続けて」

その言葉を聞いて、待機していた入学希望者の何人かが試験を待たずに逃げ出した。

「た、立ち続けるだけでいいならなんとかなるさ」

しかし体格のいい者たちはその場に残る。

「うん、なんとかしてみせて。そうじゃないと困る」

リドがそう言い、ちらりと俺の方を見た。

「ここからは……手加減しない。リドたちの仲間になるつもりなら――バルド様を守るなら、死んでも立ち続けるぐらいの覚悟が要る」

彼女は視線を鋭くし、ボールを大きく振り被る。

「ひっ――」

入学希望者が息を呑んだ直後、リドが放ったボールが衝撃波だけでコート内にいる者たち全員を吹き飛ばした。

「………………」

宙に舞う入学希望者たちを眺めて、俺は息を吐く。

――こちらも並の人間には突破は難しそうだな。

俺は彼らに混じって体育館を出る。

次にやってきたのはフェンスで囲まれた屋外演習場。

そこではヴィータが大勢の入学希望者の間を高速で駆けまわっていた。

「ほらほら、どうしたの？　ボクに触れたら、それだけで合格だよ？」

笑いながら必死に追いかける者たちを煽るヴィータ。

こちらは脚力や反応速度を試しているようだが、ヴィータの速さについていける人間はまずいないだろう。

「最低でもボクの動きを目で追えるぐらいじゃないと、サポートすらできないからね。前にいた学院都市じゃ周りに合わせていたけど、ここではボクの方に合わせてもらう。バルド様に近づくために、ボクはもっと上を目指さないといけないんだ」

駆け回りながらも全く息を乱さず、ヴィータは言う。

これまでは俺が様子を見に来たせいでさらに試験の難度が上がってしまった。その轍は踏むまいと、こちらからヴィータに念話を送る。

『ヴィータ、その方針は間違っていないが……相手はまだ訓練前の者たちだ。即戦力になるかどうかではなく、素質を見極めるべきではないか？』

するとヴィータがハッとした顔でこちらを見た。

彼女は俺にこくりと頷き返し、入学希望者たちの只中で動きを止める。

「——あはは、ごめんごめん。キミたちがまだ素人だってことを忘れてたよ。今の実力よりも素質や適性をきちんと確かめなきゃね」

その言葉で疲れ果てていた入学希望者たちの表情に安堵の色が混じる。

「というわけで、試験内容変更！　今から雷系の魔術を放つから頑張って耐えてね」

「——!?」

だがヴィータの言葉に彼らは驚愕の声を上げた。

「ボクは雷の魔術で身体能力を強化してるんだ。だからキミたちにもその適性があるかどうか調べてあげる。大丈夫、手加減するから死にはしないよ」

笑顔でヴィータは告げると腕を掲げた。彼女の手の平に電光が瞬く。

入学希望者たちは悲鳴を上げて逃げ出そうとするが、そんな猶予はない。

「雷譜・第一階梯——電精」

迸る電撃。

悲鳴を上げて倒れて行く入学希望者たち。

「…………」

——これが素質を見極めるための方法ならば仕方あるまい。

ヴィータは俺の指示通りに動いただけ。

決して入学希望者をいたぶるために試験をしているわけではない。

皆、本気で新たな仲間を迎え入れようとしている。

ただ本気だからこそ、少しばかり求めるレベルが高くなっているのだ。

──変に口を出すのも良くないか。

やはり学長は黙って見守るべきなのだろう。

「残りは地下か」

俺は己の振る舞いを反省しながら踵(きびす)を返し、他の試験が行われている地下の施設へ向かう。

学院の地下には、危険性の高い魔術を試すための訓練場や、魔術の使用にも耐えられる演習場、あとは様々な測定などを行える設備もある。

地下へ続く階段を降りていると、逃げるように駆け上ってくる入学希望者たちとすれ違った。

「も、もう嫌だ！」

「俺は死にたくねぇ！」

彼らの声を聞き、こちらもかと俺は嘆息する。

階段を降りた先の広間からまず訓練場に入ってみると、そこではロゼアがぽつんと一人で椅子に座っていた。

「あ――バルド様、どうされたのですか？」

気配を消していても、他に誰もいなければ当然気付かれる。

「試験の様子を見て回っている。何故(なぜ)ここには誰もいないのだ？」

「さあ……？ 私にも分かりません。第五階梯以上の魔術を披露してくれれば合格の、簡単な試験なんですが……」

「人間が使える魔術は第六階梯まで――ならば第五階梯の使い手はそう多くはないのではないか？」

俺がそう指摘すると、ロゼアは首を傾(かし)げる。

「うーん……前に所属していた学院には何人かいたのですけど」

「その者たちの階級は？」

「鉱石(メタル)です」

ロゼアたち輝石(ジュエル)の勇者に次ぐクラスだ。

ならば元魔族を除く人間のトップ層だと言える。

「……試験を受けに来る者が現れるといいな」

望みは薄そうだと思いながら俺は言う。

「はい、絶対に来ますよ！　応募書類には、魔術の腕で入学するつもりの方が大勢いましたし、きっと第五階梯ぐらいは使えるはずです！」

今は第六階梯までに制限されているが、ロゼアが夢魔だった頃は第十階梯以上の魔術も扱うことができた。

そのせいで少しばかり他者に求めるハードルが上がっているのだろう。

俺はロゼアに引き続き頑張れと告げ、訓練場を後にした。

今度はマリアベルがいるはずの地下演習場。

そこの扉を開くと同時に、入学希望者たちが飛び出してくる。

「い、嫌だ！」

「私は失格でいいです！」

どうやら棄権者を大量に出しているのは、ここだったらしい。

そこは周囲からの観覧も可能な、闘技場に近い造りの場所だった。

中央のリングには、マリアベルが悠然と立ち――場外に何人もの入学希望者たちが倒れている。

「さあ――次の挑戦者は誰かしら？　何度も言いますが……私はここから一歩も動かず第

一階梯の魔術しか使いません。あなた方はどんな武器も魔術も用いて構いませんから……どうぞ掛かってきてくださいな。私を一歩でも動かすことができれば……この試験は合格ですよ？」

彼女が行っているのは、シンプルな戦闘実技試験のようだ。

「なら僕が──」

そう言って入学希望者の少年がリングの上に上がる。

「これまでの……第二階梯程度の魔術しか使えなかった方々と、同じだと思わないでくださいね。僕は既に他の学院から声が掛かっている身です。けれど最も危機に瀕している学院を救いたいと思い、こちらに志願しました。その実力を見ていただきましょう」

少年は自信ありげに手を翳し、魔術を詠唱した。

「炎譜・第四階梯──火鳥旋！」

すると彼の手から生み出された炎が、体長二メートルほどの鳥の形に膨れ上がる。

「この術はどこまでも相手を追尾しますが、一歩横へ避けてくれるのなら当てはしません。いかに輝石の勇者と言えど、直撃すればタダではすみませんよ？　警告は……しましたからね！」

すでに勝利を確信した様子で、少年は魔術を放った。

だがマリアベルは呆れた表情を浮かべ、人差し指を前方に向ける。

「水譜・第一階梯――涙魚」

彼女の指から撃ち放たれた一滴の水。それは火の鳥を貫き、その向こうに立つ術者の少年の胸に直撃した。

「がはっ⁉」

衝撃で少年の体が宙を舞い、リングの下に落下する。

「全然……全然……足りませんわ。バルド様のような無尽の魔力を持つお方ならまだしも……今の私はあなたと同じ人間ですのに。第四階梯程度の魔術一発で勝った気になるなんて……私が炎に有利な水の魔術を使うと予測し、次の手を打てばいいものを……」

失望の表情で気絶した少年を眺めるマリアベル。

それを見て、また何人かの入学希望者が逃げるように演習場を出て行った。

――マリアベルが求める基準も、ロゼアと同程度だな。

真祖レイニーは配下たちの中でも最も魔術に長けていた。人間に転生した今も、神であるエウロパを除けば俺に次ぐ魔力を持っているだろう。

並の人間がマリアベルの第一階梯と張り合うなら、最低でも第五階梯以上の魔術が必要になるはずだ。

「最後はラトニか……」

気配を絶っている俺は、マリアベルが気付かないうちに地下演習場を出て、ラトニがい

るはずの検査室に入る。

「……何だこれは」

そこで見たのは、項垂(うなだ)れて床に座り込んでいる入学希望者たち。

部屋の奥にはラトニが座っており、一人一人に魔術装置らしき金属製の箱を触らせてい

るようだった。

「次の人、これに触るでち。うん——結果でまちた。現魔力量Fランク、潜在魔力量Eラ

ンク——不合格でち」

「そ、そんな！　俺、努力します！　だから……」

不合格判定を出したラトニに、入学希望者が食い下がる。

「努力も無駄でち。あなたはどんなに頑張っても第二階梯の魔術までしか使えまちぇん」

しかしラトニは首を横に振った。

「む、無駄……？　お、俺は……俺は、小さな頃から勇者として戦おうと……！」

「あなたは勇者に向いてないでち。前線に立ってもバルド様やあたしたちの足を引っ張る

だけだから、他の道を探すでち！」

「は、はい……」

笑顔でそう宣告された入学希望者は、よろよろとその場を離れて、がくりと床に座り込む。

一瞬で努力の可能性さえ潰されて、現実を受け止めきれないのだろう。

ただ戦場に出ることを考えれば、ここではっきり適性を示すのは決して悪いことではない。

だが——一つ問題なのは、そのまましばらく眺めていても……一人も合格者が出ないことだった。

「えっと……あなたは現魔力量D、潜在魔力量Bでちね」

——む。これまでに比べるとかなりマシな結果なようだが。

「鍛え続ければ第五階梯の魔術に手が届きそうでちが、成長傾向が超晩成型でちね。才能を磨き上げる前に寿命が来てしまうでち。学問の才能があるようなので、そっちを磨いた方が有意義でちよ。失格でち」

——そんなことまで分かるのか。

複雑な顔で帰っていく入学希望者の背中を見ながら感心する。

「現魔力は低くてもいいでちが……潜在魔力は第六階梯に届くAランクの子が欲しいでち

ねぇ……それぐらいじゃないと〝美味しそう〟に見えないでち」

残念そうに呟くラトニ。

前世が暴食のオーガだった彼女は、独特な感覚で対象の素質を見極めているようだ。

そしてこの時点で、俺は今回の試験がどのような結果に終わるかを、何となく察していた。


夕方――再び皆が集まった大聖堂の執務室で、エウロパは重い声で告げる。

「合格者は……ゼロ人でしたわ」

「だろうな」

試験の様子を視察していた俺は、さほど驚かずに頷く。

だが試験官を務めていた六名の勇者は、気まずそうに視線を逸らした。

さすがにこの結果はマズいと、やり過ぎてしまったのかもしれないと、彼女たちも気付いたのだろう。しかし――。

「皆、今日はご苦労だった。明日は代休で講義もない。ゆっくり休むといい」

俺はただ彼女たちの働きを労う。

「ば、バルド様……怒らないのですか？」

驚いた様子でルルナが問いかけてくる。

「怒る理由がない。お前たちは厳格な基準を設け、平等に入学希望者たちをふるいにかけていた。合格者が出なかったのは、単にこの学院に相応しい者がいなかっただけだ」

「そうそう！　もう少し骨がある奴がいると思ったんだけどさ、ロクなのが集まらなかったよね」

俺の言葉にヴィータが同意した。

「ヴィータ……開き直らないでください。学院生を増やすという目的を達成できなかったことについては……私たちの失敗だと認めるべきですわ。そして……そんな私たちのミスをお許しになるバルド様の寛大なお心に感謝いたしましょう」

マリアベルはヴィータに苦言を呈してから、俺に深々とお辞儀をする。

「バルド様、ありがとうございます」

リドが彼女に続き、ロゼアとラトニも頭を下げた。

そうして彼女たちは執務室を出て行ったが、残ったエウロパは難しい表情のまま溜息を吐く。

「これは――少し面倒なことになるかもしれませんわね」

エウロパに問いかけた。

「対抗戦の件か？」

人数がいないと大きく不利になると言っていたことを思い出し、エウロパに問いかけた。

「それもありますが……入学希望者を集めるにあたって各学院都市の協力を求めましたから、このような結果になったと知れたら何を言われるか……」

「ふん、ならば〝ロクな奴がいなかったぞ〟と先に文句を言っておけ。敵を炙り出すいい機会だ」

俺は鼻で笑って告げる。

「敵……ですの？」

「ああ。俺は毎日、学長として大量の書類を片付けているわけだが——そこには各地での魔物との戦況報告も含まれている。それを見て理解した。アルゴスへの救援の遅れは明らかに異常だったのだと」

「それは——確かに、わたくしも助けが来るはずだと最初は信じていましたが……」

エウロパは戸惑いながらも首を縦に振った。

「学院都市間でのアルゴスの序列は？」

「壊滅したと見なされ、一度除名扱いになったので……現在は第八位——一番下ですわ。ただ元々は第三位、輝石（ジュエル）こそいませんでしたが優秀な〝鉱石（メタル）の勇者〟が何人もいて、対抗戦でのチームワークは抜群でしたの」

懐かしそうにエウロパは語る。

「第三位か。さらに最初の学院都市という特別性と、人類反撃の旗印ともいえる聖女が学長を務めているとなれば、実際の発言力はかなり強かったはずだ。それを疎ましく思う者がいても不思議ではあるまい」

「つまり……アルゴスは意図的に滅ぼされたと？」

エウロパの問いに俺は頷く。

「そうだ。ゆえに同じことを繰り返させないためにも、まずは人間どもを纏め上げなくてはな」

魔物は異なる世界から〝門〟を開いてやってくる。向こう側へ行くことをルルナたちから止められてしまった以上、根本的な解決手段は今のところない。

ならばより効率よく、被害を出さずにこちら側へ来た魔物を狩れるような体制を作り、ルルナたちが戦場へ出なくても戦線が維持できる状態に持っていく。

そのための手段が世界の支配だというのなら、なるべく早くそれを成し遂げてしまうべきだ。

「――バルド様、いつの間にかわりとやる気になっていたのですわね」

意外そうに言うエウロパをじろりと睨む。

「そういえばお前の望みはあくまで異世界の魔物の駆逐だったか。神としては俺を異世界へ送り込んでしまった方が都合はよかっただろうが——側近たちを餌にしたのが裏目に出たな」

皮肉を込めて言うが、そこでエウロパは真面目な顔で大きく首を横に振った。

「そんなことありませんわ！　バルド様がいなくなったら、いったい誰がわたくしを虐げてくださるんですの？」

「…………知ったことか」

下手に相手にすると悦ばせるだけなので、俺は呆れ混じりの息を吐いて視線を外す。

窓から見える夜の学院都市には、街路を照らす篝火があちこちでぼうっと灯っていた。

2

それから数日、彼女たちは試験での失敗を取り戻そうとしてか精力的に働いた。

「バルド様！　今日も遠征して魔物を狩ってきたのです！」

「リドは、領内の野盗をほぼ駆逐した」

ルルナとリドは領内の脅威を排除。

「近隣の村に緊急連絡用の魔術装置を設置してきたのでち。これで何かあっても即座に動けるのでち」

「街道の整備も順調だよ。危険度が高い場所には、魔物が近づいてこないようにボク特製の魔術トラップもしかけてある」

ラトニとヴィータはインフラ整備を着々と進行。

「古巣の第４学院都市スパルティへ直接赴き、非常時は協力して事態に当たることを確認してまいりましたわ」

「私は……様々な伝手を使い、有能な人間をアルゴスに集めています……」

ロゼアとマリアベルは主に外交方面で成果を上げていた。

俺が何もせずとも、アルゴスの復興は順調に進み、さらに発展を遂げていく。

だが——。

「予想通り……ついに来ましたわ」

ある日の夕食の場で、エウロパは皆に告げた。

「何のことなのです？」

大きなパンを手で千切って食べていたルルナが、疑問の声を上げる。

「先日の入学試験の結果について、学長であるバルド様の責任と適性を問う声が上がっていますの。それで第2学院都市の学長、ヒュラス様が代表して審問を行いたいと――」

エウロパの答えを聞いて、ルルナの眉がぴくりと跳ねた。

「あの学長――無能なだけでなく、バルド様にそんな大それたことを要求するなんて……許せないのです」

殺気立つルルナと同じく、第2学院都市に所属していたリドもぼそりと呟く。

「……潰しておけばよかった」

そんな彼女たちを宥めるように俺は言う。

「落ち着け。これで現状こちらに最も敵意を持っているのが、第2学院都市だと判明した。分かりやすい動きを見せてくれて、むしろ助かるほどだ」

それを聞いてロゼアが口を開く。

「さすがはバルド様。計画通りということですね。では審問には……？」

「応じよう。あちらの出方も知りたいからな」

俺は笑みを浮かべ、そう答えた。

夕食の後、俺は執務室で自分の椅子に座って時を待つ。

部屋には配下たちも控えていた。試験について責任を感じている彼女たちは、審問の結果を見届けたいと願い出たのだ。

「これで――あとは時間になれば、ヒュラス学長の姿が投影されるはずですわ」

机の前に魔法陣が描かれた小さな絨毯(じゅうたん)を敷き、エウロパが言う。

見たところ、映像や音を遠距離に送信する魔術の、受信用マーカーのようだ。

しばらくすると魔法陣が光り輝き、頭の禿(は)げあがった男の姿が半透明の映像として浮び上がる。

俺がルルナとリドを迎えに行った時に対面した第2学院都市の学長、ヒュラスで間違いない。

「久しいな。用があるなら手短に頼む。これでも忙しい身なのでな」

俺がそう言うと、ヒュラスは露骨に顔を顰(しか)めた。

『っ……相変わらずこの儂(わし)に舐(な)めた態度を――だがいつまでも余裕ぶっていられると思わんことだ。審問の結果次第で貴様は学長の資格をはく奪されるのだから』

苛立(いらだ)たし気に呟きながらも、ヒュラスは口元に笑みを浮かべた。

「ほう、詳しい話を聞こうか」

目的はそんなところだろうと思っていたが、どのような難癖をつけてくるのかには興味がある。

『自分でも分かっているだろう。先日、アルゴスが実施した入学試験のことだ。大陸全土から入学希望者を募集し、全学院が協力したにもかかわらず――千人に及ぶ受験者全員を不合格にするとは……学長としての資質を疑われても仕方があるまい？』

いたぶるような口調でヒュラスは告げた。

配下たちがざわついたのを視線で制し、俺は言葉を返す。

「それについてはこちらから連絡したはずだがな。ロクな者がいなかった――と」

『っ……そんなはずはあるまい！　入学希望者の中には、我が第2学院都市の勧誘を断ってそちらに行った者がいたのだぞ？』

――マリアベルが一蹴していた者のことか？

試験の視察中にそんな人間を見たような気がするが……。

「それが誰にせよ、単にこちらの基準を満たせなかっただけだ」

『基準だと？　いったいどのような基準を設ければ全員不合格ということになる？』

その問いに少し考えてから答える。

「輝石(ジュエル)の勇者たちに追随できるだけの身体能力を持つ者か、第五階梯(かいてい)の魔術が使える者――もしくは将来的に第六階梯の習得が期待できる素質がある者……といったところか」

配下たちが行っていた試験を思い出し、その基準を纏めてみた。

『……たわけたことを。そのような者、大陸中を探しても数えるほどしかおらぬわ。それを入学希望者たちに求めるとは……もはやこれで貴様が学長に相応(ふさわ)しくない者であることは露呈した。輝石(ジュエル)の勇者を擁していても、現状は学院都市を維持することすらできまい。学院を守れぬ者に学長の座は与えておけん！』

どうしてもそちらに話を持っていきたいようだが、それについては反論がある。

「何を言っている？　俺はルルナ・プラウドとリド・グリドラの二名を伴い、この学院都市を奪還したのだぞ？　そこに四人の〝輝石(ジュエル)〟が加わった今、少なくともお前の学院都市よりは戦力が整っていると思うが？」

『何だと……？　千人以上の勇者を擁する我が第2学院都市より、六人しか勇者のいない第0学院都市の方が上？　くはははっ！　いかに輝石(ジュエル)を揃(そろ)えていても驕(おご)りが過ぎるぞ！』

怒りに顔を赤くしながらも、嘲笑を浮かべるヒュラス。

「いい加減にするのです。俗物」

そこで底冷えのする声が部屋の隅から響いた。

止めようとしたリドの手を振り払って前に進み出てきたのは、険しい表情を浮かべたルルナ。

「ルルナ、今は——」

「それ以上、バルド様を侮辱するのは許さないのです。バルド様は事実を言っているまで。わたしたち六人がいれば——いえ、わたし一人でも、あなたの学院の全戦力より上なのです」

誇り高き銀狼の魂を持つ彼女は、どうしても堪えることができなかったのだろう。

これは好き放題言わせてしまった俺の責任でもある。

ゆえに彼女が口を挟んだことに注意はせず、俺はただ首を縦に振った。

「その通りだ。俺はこの第0学院都市が、どの学院都市よりも戦力を有していると断言しよう」

そう告げると、ヒュラスは忌々しげにルルナを見る。

『我が学院で名を上げたというのに、恩知らずが。第2学院都市の精強な仲間がいたからこそ、輝石と呼ばれるような功績を上げられたのだぞ?』

「それは逆なのです。わたしがいなければ、一緒に送り込まれた勇者たちは死んでいました。あなたの作戦はいつも稚拙で無謀――わたしやリドがいたから戦果を上げられたのですよ？　そんなことも分からないなんて、あなたの方こそ学長の器ではないのです」

ルルナは冷たい声音で言う。

それを聞いたヒュラスは表情を消す。

『よく言ったものだ……ならば確かめようではないか』

俺に視線を戻し、彼は言葉を続けた。

『対抗戦だ。ルルナ・プラウド一人で我が学院に勝てるというのなら、やってみろ。それが貴様の正しさを証明する方法――敗れれば他の学院も貴様に学長の資格なしと判断し、解任に同意することだろう』

明らかな挑発。乗ればあまりに不利な勝負を強いられる。魔族だった頃ならまだしも、人間となって力が制限されているルルナでは、千人を相手にするのは難しいはずだ。

だが――。

「…………」

ルルナの視線を感じる。彼女は自分はやれると表情で訴えていた。

これは既に彼女の〝誇り〟を懸けた戦い。ここで退くことは、もはや彼女にはできまい。

「――一つ確認だ。学院同士の戦いということは、学長も戦力に含まれるのか？」

ただ、答えを出す前に問いかけておく。

『もちろんだ。魔物との実戦同様、学院生は学長の指示の下で動く。ただし学長は拠点から動けず、魔術は補助系統のものだけ使用可能となっている。貴様の攻撃魔術は規格外だったが――それを学院生に対して使うことはできんぞ？』

俺との力の差に関してはさすがに理解しているらしく、警戒の表情で彼は釘を刺す。

だが、その条件であれば特に問題はない。

「いいだろう。対抗戦でこちらの正当性を証明することにしよう」

俺が頷くと、ルルナは表情を輝かせた。

「バルド様……！　ありがとうなのです！　わたし――絶対に勝ちます‼」

そんな俺たちをヒュラスは冷ややかな笑みを浮かべながら見つめる。

『言質は取ったぞ。日時と場所は追って報せる。監督役、審判は他学院の学長が行う。そこで醜態を晒すがいい』

一方的に告げて、彼の姿は魔法陣の上から消失した。

「とんでもないことになりましたわね……」

様子を見守っていたエウロパが、額を押さえて呟く。

「ちょっとルルナ——今のは勝手が過ぎたんじゃない？」

　ヴィータが不機嫌な顔でルルナを睨む。

「……そうでしょうか？　あれで黙っていられる方が、わたしは信じられないのです」

　けれどルルナは一歩も退かず、ヴィータの視線を受け止めた。

　そこにマリアベルが抑えた口調で言の葉を紡ぐ。

「確かに——バルド様への侮辱を糾弾したことは評価いたしましょう。ですが……もしもあなたが敗北することになれば、それこそバルド様の威光を失墜させることになりますよ？」

　その指摘にルルナは表情を引き締めて頷いた。

「分かっているのです。バルド様の配下として、第０学院都市に所属する輝石の勇者として——絶対に勝ちます。わたしの誇りに懸けて誓うのです！」

　胸に手を当て、ルルナは宣言する。

　それを見ていたロゼアが複雑な表情で呟いた。

「前世での最終決戦——ルルナさんは最後までバルド様のお供をしたと聞きました。そのルルナさんがそこまで言うのなら……今回は託してみようと思います」

「リドも、同じ」

こくりとリドも頷く。

「あたしもルルナのことは一目置いているでち。けど、もし負けた時はバルド様の寝具役は引退してもらうでちよ」

ラトニがそう言うと、ようやくヴィータも矛を収める。

「そりゃいい。前世じゃルルナの体がベッドに適していたのは事実だけど、今は皆同じ人間の体なんだ。ルルナとリドだけが毎晩バルド様と一緒に寝るのは、ちょっとズルいなって思ってたんだよ」

「――ズルくないのです。それはわたしの役目……誰にも譲る気はありません」

ルルナはきっぱりと告げて、俺に向き直る。

「バルド様、一人でもわたしは負けません。虚勢ではなく、わたしにはその自信と覚悟があるのです」

「ああ、信じている。だが一つ訂正しておく。一人ではなく、二人だ。俺もいることを忘れるな」

俺はルルナに頷き返し、そう告げる。

「はいっ！　バルド様がいるなら、それはもう魔王軍なのです！　負けるはずがないのですよ！」

嬉しそうに俺へ飛びついてくるルルナ。

狼の姿であったら、大きく尻尾を振っていただろう。俺も負ける気はしていない。

ただ……。

──あの学長、よく立ち直ったものだ。

それが少し気になる。

前回かなりの恐怖を刻んでやったはずだが、彼は再び俺に牙を剝いた。それについては感心するが、違和感も大きい。

──俺を恐れないでいられる〝理由〟が何かあるのか？

そう考えるが、単に立ち直りが早いだけな可能性もある。

今はその違和感だけを覚えておくことにして、俺はじゃれついてくるルルナの頭を優しく撫でたのだった。

3

銀狼プラウド。

それはダイヤモンドの称号を持つ勇者、ルルナ・プラウドの前世。

だが、プラウドの種族名はダークウルフ。本来は漆黒の毛並みを持って生まれるはずだが、プラウドだけは輝くような銀色だった。

『忌まわしい。我らは夜に紛れる者。お前のような眩さは不要だ』

そのせいでプラウドは親にも捨てられたが、同じく一匹狼だった灰毛の老ダークウルフに拾われて命を繋ぐ。

『誇りを持て。わしの煤けた毛並みとは違い、お前の銀色は──強き魔力を宿す者の証。いずれお前の牙は、この世界を噛み砕き……魔族の悲願を成し遂げるであろう』

老いた狼は何度もそう繰り返し、しばらくして寿命で死んだ。

そしてプラウドは八大魔王の一人であるネビュラ・ベルフェゴールの傘下に加わり、人界軍との戦いで大きな戦果を上げたことで一目を置かれる存在となった。

そしてプラウドは魔王ネビュラから直々に命じられた。

「間もなく勇者を討ち滅ぼす切り札──魔人が誕生する。お前はその直属となり、命を賭して戦え」

『……承知しました』

プラウドは特に疑問もなく任務を引き受ける。

魔人バルド・バルバトスは誕生後、すぐにネビュラを含む八大魔王を滅ぼした。

驚きや戸惑いがなかったわけではない。

けれど王を殺されたことに対する怒りはなかった。

その時点で既に己の主はバルドだったから。

そして何より、プラウドは彼の誇り高き姿に見惚(みと)れていた。

創造主たる八大魔王への隷属を拒み、憤怒(ふんぬ)をもって叛逆(はんぎゃく)した魔人。

最強であり孤高。

その在り方はどこか自分と似ていた。

しかし自分よりも遥(はる)かに特別で、唯一無二の存在。

同じ場所には立てずとも、この銀狼プラウドこそが傍(そば)にいるべきだと感じた。

老いたダークウルフが導いてくれたように、己の〝誇り〟で貴き彼が歩む道を指し示すのだと。

『魔族はより強き者に従うもの。八大魔王よりどのような命を受けていようと、彼らを滅ぼした貴方(あなた)こそが私たちの主であり——この世界でただ一人の真なる魔王です』


ネビュラに命じられたからではなく、自らの意志でプラウドは誓う。

そして銀狼(ぎんろう)は魔人と共に戦場を駆けた。

その牙は世界にこそ届かなかったが、命と引き換えに勇者の聖剣を噛み砕いた。

ただ、悔いは残る。

最後まで主と共に在りたかった。

彼を一人きりにしてしまった。

バルド・バルバトスの傍(かたわ)らに立ち続けることこそが、銀狼プラウドの〝誇り〟となっていたのに。


「そう……わたしはまだ——」

第2学院都市の対抗戦前夜。

人間として新たな生を歩む少女は、自らの聖剣を見つめて呟く。

「……誇りを取り戻すことが、できていないのです」

4

牡牛の頭のような形のミノス大陸――その南端、顎の辺りに位置するのが第0学院都市アルゴスならば、第2学院都市テュロスは南東……牡牛の頬にあたる場所にある。

によって互いの距離は比較的近い。さらに両学院都市のちょうど中間に位置する山岳地帯が、魔物の巣窟である大陸中央部との壁になっている。

そのため――安全かつ人の少ない山岳地帯近辺は、以前から対抗戦の場として何度も使われているらしい。

「打ち捨てられた古城か。悪くない」

対抗戦当日、アルゴス側の拠点である古城にやってきた俺は、広いテラスから眼下を見渡して呟く。

石造りの建物には植物の蔦が絡み付き、家具などは風化して残っていない。

異世界の魔物の出現によって滅びたのではなく、もっと古い時代に作られたもののようだ。

「テュロスの拠点はあの山の向こう――切り立った崖の上にある遺跡らしいです」

俺が指揮する唯一の勇者であるルルナは、正面に見える険しい山を指差す。

かなり遠いが、本来は学院生総動員の大規模戦闘なので、離れた場所に陣地を設定したのだろう。

「勝利条件は勇者が相手の拠点に到達すること――か。空間転移や自在飛行が第七階梯以上の魔術であるからこその、泥くさい戦いだな」

「そうですね。バルド様が自由に魔術を使っていいのなら、それだけで簡単に勝てたはずです」

俺の言葉にルルナは頷く。

「だが残念ながら――学長に許されているのは、指揮と回復・能力向上系の魔術のみだ。これではお前を相手の陣地に送り込むこともできず、結界も張れないため敵の進軍を防げない」

現状を述べた俺は空に目をやる。

上空百メートルほどの高さに、青い光の球が浮いていた。

あれはこちらの様子を遠方で観戦する他学院の学長たちへ送信する魔術。不正をすればすぐに伝わる。

　まあ、それを妨害したり改竄することは可能だが……そんな手段で得た勝利はルルナの誇りを傷付けるだろう。

　ゆえに今回は極力ルールに従ってやることにしていた。少なくともあちらがルールを守っている間は――。

「問題は俺が魔術を使うと、力の余波で天変地異が起きかねないことだ。対抗戦を成立させるためにも、なるべくなら補助魔術も使わずに済ませたい」

　仮に対抗戦が中止にならずとも、攻撃魔術を使ったと難癖を付けられる可能性がある。

　特にあのヒュラス学長ならやりかねない。

「はい――つまり完全な勝利を手にするためには、わたしが自分の力だけで先に相手の拠点に到達すればいいのですね！　任せてください！　たとえ千人が相手でも負けないのです！」

　ルルナは無茶な要求にも笑顔で応じる。

「そうだな――俺もお前が負けるとは思っていない。だがこれは時間との勝負。相手が自軍の大半を防衛に回していた場合、突破が間に合わないことも考えられる。ゆえに戦略的な時間稼ぎは必要だ」

俺の言葉にルルナは目を輝かせた。

「策があるのですね！　大丈夫です、わたしはバルド様の言うように動いてみせます。この感じ……本当に魔王軍で戦っていた時のことを思い出すのです」

懐かしそうに語るルルナから視線を外し、俺は改めて古城正面の山とその周辺を眺める。注意深く見ようと意識するだけで瞳に魔力が通い、俺の目は全てを見通す魔眼と化す。今の俺には山の向こうにある敵の拠点さえはっきりと見えていた。

「辺りの地形は把握した。敵が最短でこちらを目指す場合、あの谷間の道を通る必要がある」

俺は木々に隠れて見えづらい山の谷間を指差した。

「ルルナは開始と同時に最速でそこへ向かい、横の崖を崩して道を塞げ。それで半刻ほど時は稼げる」

「了解です！　その時間で必ず敵の防衛線を突破します。これで作戦会議はばっちり――あとは開始の合図を待つだけですね」

ルルナは大きく頷いて、東の方を見た。

山岳地帯の先――海岸沿いの街道から、合図の照明魔術が撃ちあがる段取りになっている。

戦闘に参加しない者や見学を望む者はその辺りで待機することになっていた。エウロパも恐らくそこにいるはずだ。

「そういえば……リドたちは見学にも来ないんでしたよね。やっぱり――わたしのことを怒っているんでしょうか」

ルルナはふと思い出したように呟く。

「いや、あの五人には別の仕事を与えてある。暇そうにしていたのでな」

心配はいらないと俺は彼女たちが来ない理由を伝えた。

「そうだったのですね。ホッとしたのです……別に全員と仲良しでいたいわけではないのですが――この世界に来てからも長く一緒にいたリドに幻滅されるのは、何だか嫌なので……」

複雑そうな顔でルルナは頭を掻く。

「そうか」

俺は短く相槌を打ち、そこからは静かに開始の時を待つ。

しばらく経ち、東の空に眩い光が輝いた。

「行け、勇者ルルナ」

「はいっ！」

ルルナは俺の号令と共に古城のテラスから飛び降り、谷間の道を目指して斜面を駆け下りていく。

長い銀髪が靡く様は、まるでかつての銀狼のようだった。

5

ルルナ・プラウドは誰よりも早く谷間の道へ到達するため、全速力で足場の悪い斜面を走る。

——もっと速く。

そして足を止めぬまま、魔術を行使するために意識を集中させた。

魔術で運動性能を向上させる手段は、大きく分けて三つある。一つめは体に直接干渉して身体能力のリミッターを外す方法。二つめは風で加速したり、物を浮かせて足場にしたりと、魔術の効果を利用して機動力を上げる方法。三つめは——。

「護譜・第六階梯——銀具足」

ルルナは魔術によって手足に鎧を纏う。

だがそれは単に体を守るためだけのものではなく、身体機能を拡張する外骨格。彼女のイメージによって鎧は自在に形を変え、手甲は獣の前脚のごとき姿となった。

これが三つめの手段。魔術でより性能の高い体を作ってしまうという方法。

ルルナは両手を地面につき、四本の足で大地を蹴る。

銀狼だった頃の己に、彼女の身体感覚は限りなく近づく。

速度は普通に走っていた時の倍を超え、周囲の景色が凄まじい速さで押し流されていった。

瞬間的な速度ではヴィータに分があるが、ルルナは長時間の高速機動を可能とする。よって足を使っての長距離移動においても、彼女に並ぶ者はいなかった。

——バルド様に、完璧な勝利を捧げるのです。

それが今の自分がやるべきこと。


『俺には、欲しいものがある』


かつての六魔臣が揃った場で、彼はこう言った。

あの言葉を聞いた時、ルルナの心は震えた。

彼自身の望みを聞いたのは、あれが初めてだったから。

きっとこうなのだろうと推測し、確認したことはある。彼はその全てを肯定し、ルルナの——魔族全ての期待に応えてくれた。

だけど、戦う時も眠る時も傍にいたルルナは知っていた。

彼が時折、ひどく空虚な眼差しを彼方へ向けていたことを。

勇者と戦っている時さえ、彼の瞳は澄んでいた。

——バルド様はたぶん自分のためじゃなく、わたしたちのために戦ってくれていたのです。

でもそんな彼にも望みがあるのなら、今度は自分の番だ。

異世界の魔物たちを蹴散らして、この世界を支配して、彼の〝欲しいもの〟を探し出してみせる。

まだそれが何かは分からないけれど、この戦いに勝つことが第一歩。

——わずかでもバルド様の望みに近づけたなら、わたしはそれをきっと〝誇り〟に思える。

「……見えました！」

あっという間に谷間の道へ到達するルルナ。

そこは細い川が脇を流れており、両側は切り立った崖になっている。

素早く視線を巡らし、匂いを嗅ぐ。

敵の姿はなく、接近する人の気配もまだ少し先。

誰よりも速くここへ到達せよという主の命令を達成できたことに、心を昂(たかぶ)らせながらルルナは地面から手を離して上半身を起こす。

鋭い爪が備わる〝前脚〟のような形になっていた装甲は、素早く変形して手甲形態に戻った。

ルルナは後ろを振り返り、右側の崖に腕を向ける。

「炎譜・第一階梯――火鼠(ウィスプ)」

彼女の手から放たれた炎の球が、崖の上部に直撃した。

ドォンン！

最低位の炎魔術でもその威力は凄まじく、爆発と共に落ちてきた岩石と土砂が谷間の道を塞いだ。

これでヒュラス陣営から来た勇者たちは回り道を余儀なくされる。

作戦は順調。

「あとはわたしが――頑張るだけなのです」

ルルナは前に向き直り、塞がれた道を背にして再び走りだした。

敵が近いので四足歩行にはならず、自由になる手で聖剣の柄に指を掛ける。

敵意の匂いが――濃い。

道は曲がりくねっていて起伏も激しく視認はできないが、嗅覚が鋭いルルナには敵の存在がはっきりと感じ取れた。

数はおよそ百。

これが攻撃部隊の全てかは分からないが。百人でも敵軍の一割程度。

一人を相手にするならば、それで十分ということなのだろう。

「あのヒュラス学長にしては、手堅い戦略ですね」

いつも無謀な作戦を勇者に強いていた彼ならば、こちらを圧倒するためにもっと攻撃に人員を割くと思っていた。

けれどそれならそれで都合がいい。

「百人ぐらいなら、蹴散らして先へ進むのです！」

迂回してもよかったが、ここで攻撃部隊を叩いておけばさらに時間を稼げる。もし危なくなっても、機動力で掻き回して先へ進めばいいだけだ。

「聖剣――起きるのです」

走りながら腰の剣を抜き放つ。

それは今のルルナにとっての牙。立ち塞がる者を噛み砕くための武器。

本来彼女が作ろうとしたのは魔剣だったが、聖剣も本質的には同じ。蓄積された魔力によって無機物に〝魂〟が宿った——広義的には精霊の一種。

その力は、自身の力による魔術行使。

そう——聖剣は、保有する魔力を用いて自ら魔術を発動させることができるのだ。

木々を縫うように曲がる道を進み、緩やかな坂を登り切ったところで——前方に勇者の一団を発見。

「風を纏え!」

ルルナの命に従い、聖剣は風の魔術を発動する。

刀身に魔術文字が浮かび上がり、風の渦が剣を包み込んだ。

相手もこちらに気付いて剣を構える。その中には見知った顔もいくつかあった。

「あなたたちも勇者です。このぐらいで死なないですよね!」

互いの距離はおよそ五十メートル前後。その間合いからルルナは聖剣を振るった。

ゴウッ!

刀身を包んでいた風が解き放たれ、突風が敵の一団を直撃する。

前にいた者たちは吹き飛ばされ、後方の者もまともに立っていることはできず——敵の陣形は大きく崩れた。

その中にルルナは正面から突っ込む。

「やあっ！」

体勢を立て直そうとしている勇者たちを、ルルナは聖剣で薙ぎ払う。

木の葉のように人間が宙を舞った。

刀身は風の渦で覆われているので、傷を負わせることはない。高所から落下することにはなるが、訓練を積んだ勇者なら受け身ぐらいは取れるはずだ。

なので遠慮なくルルナは敵軍の只中で剣を振るい、次々と勇者たちを吹き飛ばしていく。

だがそこで彼女は違和感を覚えた。こんな状況だというのに……。

――誰も悲鳴を上げないのです。

地面に体を打ち付けてダメージを負ったはずの者が、苦痛の声を漏らすこともなく平然と起き上がり、こちらへ向かってくる。

「っ……!?」

敵の剣を聖剣で受け止めるが、凄まじい力で体が押された。

風を利用して何とか横へ受け流すが、次々と他の者たちが押し寄せてくる。

「これは――」

彼らの目を見て、ルルナは息を呑んだ。

その瞳にはただ殺意だけが宿っていて、どこか虚ろ。

とても正気の状態とは思えない。

――まともに相手をしない方がよさそうです。

聖剣の風で勇者たちを押し返し、その隙に集団の中から抜け出る。

「炎譜・第二階梯――灼蛇！」

背後から呪文の詠唱が聞こえてきた。それも複数。

振り返ったルルナの目に、何匹もの炎の蛇が地を這いながら迫る光景が映った。

第二階梯の魔術だが、普通の人間が使う時よりも移動速度が速く、蛇も大きい。これは魔術に込められた魔力が多い証拠。

「はあっ！」

ルルナは聖剣で蛇の体を素早く両断した。

蛇の体が火の粉に変わるのを確認してからルルナは剣を鞘に納め、両手を地面に着ける。

既に銀の手甲は形を変え、彼女の〝前脚〟となっていた。

「先に行かせてもらうのですよ！」

追撃してくる者たちを振り切り、ルルナは四本の足で大地を駆ける。

魔術がまだ飛んでいたが、それはもう彼女に届くことはなかった。

だがその胸には嫌な予感が湧き上がる。

――腕力も魔力も、わたしがいた頃とはケタ違いだったのです。

短期間でそこまで成長するとは思えない。考えられるとすれば、何らかの補助魔術。恐らく学長のヒュラスが支援することで、彼らの能力が向上しているのだろう。

――手加減するのが難しかったですね。

だから戦うことを止めて先に進んだのだ。

これはあくまで学院都市同士の対抗戦。当然ながら、相手を意図的に死に至らしめる行為は禁じられている。

ゆえに殺さないように気をつけているのだが、それではこちらの選択肢は限られてしまう。さらに相手の方は、明らかに殺すつもりで攻撃を仕掛けてきていた。

それでもルルナが死ぬことはないという判断なのだろうが、こちらはちょっと本気になると相手を殺してしまう。

――もしこの先の拠点を防衛している九百人が同じ感じだったら……。

手加減をした上で勝つには、数段上の実力が必要となる。

強化され、殺意を剝き出しにする第2学院都市の勇者に対して、それができる自信がルルナにはなかった。

そして予感は的中する。

崖の上に見えた敵の拠点。そこへ続く道を守る軍勢——彼らの目に宿る殺意は、先ほど見たものと全く同じだった。

6

「ほう……人間が狂破軍(レギオン)を使うとは」

古城のテラスで戦況を見守っていた俺は、興味を引かれて呟(つぶや)いた。

魔力を帯びた俺の瞳は、敵軍を包む魔術の正体をも容易(たやす)く看破する。

「第六階梯ではあるが——俺のいた時代では魔族しか使えなかったはず。これも魔族がいなくなり、世界の仕組みが変わった影響か？」

狂破軍(レギオン)は多数の者たちの精神を同時に支配し、軍団として使役する魔術だ。配下の中では元真祖であるマリアベル・レイニーが得意としていた。

体の限界を超えた力を強引に引き出し、生命力を魔力に変換することで、個の戦力も大幅に引き上げられるが……代償も大きい。

まだ若いので死にはすまいが、この魔術を使われた学院生たちは、反動でしばらく寝込むことになるだろう。

「そこまでして勝利を得ようとする貪欲さ……まるで魔族のような人間だ。しかもこれだけの数を支配するとは、少々奴を見くびっていたのかもしれん」

俺は山の向こうで敵軍と対峙したルルナを眺めながら呟く。

彼女はこの状況でどう対応するべきか迷っているようだった。

ルルナが本気を出せば——相手の命を奪うことを厭わなければ、敵の拠点に到達することは可能だろう。

しかしそれは対抗戦のルールに反するし、勇者として……いや、人間として相応しくない行為だ。

ゆえに——彼女が人間の勇者で在り続けるために……。

「ルルナ」

俺は彼方のルルナに向かって呼びかけ、手を翳す。

どれだけの距離があろうとも、俺の声は届き、彼女はハッと振り返った。

『バルド様——』

彼女の声も距離を越えて明瞭に聞こえる。

「ヒュラスは狂破軍を用いて、自軍を大幅に強化している。このままでは殺さぬように手加減するのも難しいだろう。リスクはあるが、こちらも補助魔術を——」

『待ってください！』

だがそこでルルナは俺の言葉を遮った。

『大丈夫なのです。ルルナ・プラウドは己の〝誇り〟に懸けて、バルド様に完全勝利を捧げるのです！』

本当にやれるのか――そう聞き返しそうになったが、俺は寸前で呑み込む。

かつて銀狼プラウドであった少女が、〝誇り〟を懸けると言ったのだ。

それに瑕を付けるような真似はできない。

「分かった。信じよう」

『信じる――こんなに嬉しい言葉はないのです。どんな補助魔術よりも、わたしに力をくれるのです……！』

ルルナはそう告げて、前を向く。

俺は何もせずに、ただその背中を見つめ続けた。

7

ルルナ・プラウドは、たった一人で九百の敵と対峙する。

勝つと誓った。

誇りを懸けた。
なら、やり通す以外に道はない。
――ちゃんと奥の手はあるのです。
本気を出していなかったわけではない。今も全力で九百人の敵と戦っている。
だけど〝命を奪ってはいけない〟という条件下では、どうしても前に進めない。
倒しても倒しても、痛みと理性を忘れた敵は起き上がってくる。
状況を打破するには、上手く手加減ができるほどの圧倒的な力量差が必要だ。
「はあっ！」
聖剣の一薙ぎで押し寄せてきた敵を吹き飛ばしてから、意識を集中する。
種族によって扱える魔術の階梯は異なる。
人間の限界は第六階梯。
かつての世界でもそれは同じだった。
けれど、ルルナは〝例外〟を目にしていた。
最後の戦いで相対した勇者。
この世界に溢れている有象無象ではなく、神に選ばれしただ一人の存在。
多くの力添えがあったとは言え、あのバルド様と〝まともに戦えた〟規格外の人間。

そう、彼は人間だった。

しかし人間を遥かに超えた力を振るっていた。

その秘密を、直接相対したルルナは知っている。

――聖剣。

勇者は聖剣に魔力を注ぎ、高位の魔術を発動させていた。

もちろん勇者として生まれもった高い魔力があってこそだが、聖剣がなければその力も活用できない。

聖剣こそ勇者の命脈。

ゆえに銀狼プラウドはその破壊に命を懸けた。

――そんなわたしが、今は聖剣を手にしているのです。人間の体では持て余すほどの魔力もある……！

条件は同じはず。

ぽたぽたと、腕から滴る血。

どこかで誰かに斬られた傷口から溢れる血液を指で掬い、聖剣の刀身に呪文を記す。

そして剣に魔力を注ぐと、記した文字が眩く輝いた。

「ぐっ……」

けれど思った以上に魔力を持っていかれる。
体が軋む。
過剰な魔力を流したせいで、腕が内側からはじけ飛びそうになる。
痛い、苦しい――。
けれどその全てを堪え、制御し、聖剣に十分な魔力をチャージする。
――わたしはやっぱり本物の勇者ではないのです。無理があったのです……でも――。
彼の願いを叶えるために。
人を超えた力を、人の身で振るってみせよう。
「王譜・第十二階梯――征覇天将‼」
その瞬間、天より落ちた光がルルナの体を眩く包み込んだ。

8

第2学院都市の学長ヒュラスは、既に勝利を確信していた。
彼がいるのは崖の上に立つ古い遺跡。

元は何らかの神を祀る教会のような場所だったらしく、吹き抜けになった広間の奥には首のない女神像が置かれていた。

「お力を貸していただき……ありがとうございました。これで確実に我が学院は勝利することができるでしょう」

彼は女神像に向かって頭を下げる。だが顔も名前も分からない神に、彼が祈る理由はない。

そこには〝何か〟がいるのだ。彼にしか見えていない何者かが——。

遺跡内にいるのは彼だけで、戦況を監視する〝目〟も今は離れており、彼の行動に疑問を呈する者は皆無。

「勝利した後は、あの憎きバルド・バルバトスを学長から解任し——口うるさい聖女も責任を取らせて追放するつもりです。そうすればアルゴスは事実上第２学院都市の傘下に——」

ドンッ！

だがその時、轟音と共に遺跡がビリビリと震える。

「な、何だ⁉」

ヒュラスは慌てふためき、遺跡の入り口に駆け寄り、柱の陰から外を覗く。

遺跡の前には、九百人もの勇者たちが何重もの陣を敷いて拠点を守っている。しかも彼らは魔術によって強化されているのだ。この布陣をたった一人で突破できる者などいるはずがない。そのはずだったのに――。

ドォン！

またもや轟音が響いて、人が宙を舞った。

光り輝く何かが、勇者の軍勢を薙ぎ払い、こちらへと向かってくる。

「あれは……何だ？」

掠れた声で呟くヒュラス。

その間にも光は拠点に迫り、阻もうとした勇者たちは紙くずのように軽々と薙ぎ払われていく。

「と、止めろっ‼」

魔術で支配した勇者たちに命じる。

恐れを知らぬ狂戦士と化している学院生は、一切の躊躇なく光に向かって突撃した。

バァンッ！

しかし激しい爆発音と共に、彼らはいとも容易く弾き返される。

そして軍勢の只中を突っ切って、眩い輝きを纏う少女がヒュラスの前に姿を見せた。

「る……ルルナ・プラウド——」

かつては第2学院都市に所属していた勇者の名を、彼は震え声で紡ぐ。

「それは……強化魔術、なのか？　だがこんな——単独で狂破軍を蹂躙するほどの強化など……いったい何を……」

よろよろと遺跡の中に後退したヒュラスだったが、瓦礫に躓いてドスンと尻餅をついた。

彼が想像すらできないのも無理はない。

彼女が身に纏う光は、人の限界を超えた第十二階梯の魔術。

一定時間、圧倒的な攻撃力と絶対的な防御力を得る——まさに〝無敵〟となれる秘奥。

一騎当千を体現したルルナは、敵軍の拠点である遺跡に足を踏み入れ、敗者を悠然と見下ろす。

「わたしの——いえ、バルド様の勝利なのです」

ルルナは手にした聖剣をヒュラスに向け、勝利を宣言した。

すると遺跡の入り口から、光の玉が飛び込んでくる。

『対抗戦終了。勝者、第0学院都市アルゴス』

監視用の魔術から聞こえてきた声に、ヒュラスはがくりと肩を落とした。

遺跡の外からも、戦いの終わりを報せる号砲が聞こえてくる。

しかしヒュラスは我に返った様子で顔を上げ、ルルナを睨みつけた。

「ま、待て！　やはりこのようなことがあるはずがない！　一対千で負けるなど――バルド・バルバトスが何か不正をしたのだ！　調べれば奴が学長に不適格であることは明らかになるはずだ！」

「……往生際が悪いのですね」

ルルナは眉をピクリと動かす。

「ルルナの言う通り。学長の資格がないのは、お前の方」

だがそこでルルナとヒュラス以外、誰もいなかったはずの遺跡内に声が響く。

「何だと？」

「え？」

ヒュラスとルルナは遺跡の奥――女神像が祀られている祭壇の方を見た。

するとそこには五人の少女たちが笑みを浮かべて立っている。

「リド……それに皆も、どうしてここに――というかいつの間に？」

ルルナが疑問の声を上げると、リドは小さく笑う。

「バルド様の命令で、第2学院都市に行ってた。対抗戦の最中なら、隙があるはずだからって。ここにはラトニの転移装置で来た」

そこで大仰な魔術装置を背負ったラトニが、得意げに胸を張る。

「前よりも安定して転移魔術を発動できるようになったのでち。まあ……それでも三回使うと壊れてしまうのでちが」

よく見ると装置からは白煙が上がっていた。

「……ラトニのおかげで、警戒厳重なヒュラス学長の部屋にも簡単に侵入できましたわ。そして……面白い資料を見つけましたの」

窓からの日差しを避けて女神像の陰に立つマリアベルが、鋭い眼差し(まなざ)しをヒュラスに向ける。

「わ、儂(わし)の部屋に侵入だと――お前たち、自分が何をしたのか分かっているのか?」

声を裏返して叫ぶヒュラス。

「分かってないのはキミの方だよ。キミがこれまで何をしてきたのか、ボクたちはもう知ってるんだから」

ヴィータはそう言うと、手にしていた書類の束を示した。

「それはまさか……!」

途端にヒュラスの顔が蒼白（そうはく）になる。

そんな彼の様子を冷たく眺めながら、ロゼアが前に進み出た。

「アルゴスが魔物に襲われた時、最も近くにあるテュロスが救援を送っていれば、早々に陥落することはなく——他の学院都市からの救援も間に合ったはずです。何故（なぜ）救援は遅れたのか……それは同時に色々な〝問題〟が発生したからと言って、あなたが決定を先延ばしにしたからでした」

その言葉にリドは頷（うなず）く。

「リドは、ずっとおかしいと思っていた。そしたらやっぱり……ボロボロ出てきた。この資料は、あなたと取り巻きの教師たちが〝問題〟をでっちあげていた証拠。資料に書かれていた事案は、実際には起きてなかった」

「っ……」

もう反論することすらできず、ヒュラスは唇を噛（か）み締めた。

「あとこれは過去の記録を見て気付いたことだけど、あなたはあえて無茶な作戦を立案し、学院生を意図的に損耗させようとしていた節がある」

リドの言葉に、ヒュラスの肩がびくりと揺れる。

「リドは、単にあなたが無能だと思っていた……でも、もしこれが本当なら、あなたはからない」

〝魔物の味方〟をしていたことになる。ただ、さすがにリドもそんなことをする動機が分

「…………」

黙っているヒュラスを見て、リドは溜息を吐く。

「答えないなら別にいい。あなたは学長を解任されて、取り調べを受けることになるだろうから」

諦めた様子でリドは肩を竦めるが、そこでヒュラスは言葉をぽつりと零した。

「――あのお方の、言われる通りにしたまでだ」

「あのお方？」

ヒュラスの傍にいたルルナは、訝しげに繰り返す。

「儂に……力を授けてくれた偉大なお方だ。あのお方が言われることならば、遠大な思惑があるはず――多少の犠牲が出るのも仕方のないことだ……」

「よく分からないのですが――リドの言ったことは正しいということなのですか？」

ルルナが剣を突きつけて問いかけると、ヒュラスは頭上を仰いで叫んだ。

「儂は――儂は間違っていない！　そうでありましょう!?　儂は常に、あなたの言葉通りに――」

『ここまでだな』

その声は、ヒュラスの足元……影の中から響いた。

ぞわりとルルナの背筋に悪寒が走り、反射的に他の者たちも身構える。

次の瞬間、ヒュラスの影から眩い光が溢れ——！

ドォォォォオン‼

凄まじい爆発によって彼らのいた遺跡は崩壊した。

第四章　魔人

1

対抗戦に勝利を収め、あとはヒュラスを拘束すれば全て終わるはずだった。
だが、拠点の古城で事の成り行きを見守っていた俺は——異変に気付く。

『ここまでだな』

ヒュラスの影から響いた声を、俺の耳は聞き逃していなかった。
——この声は。
知っている。記憶に残っている。
だがそれは二度と聞く機会のない声のはずだった。
ドォォォォン！

驚きに思考が一瞬固まった間に、敵軍の拠点である遺跡が爆発する。

「っ——」

俺はすぐさま転移魔術を発動し、爆散した遺跡の跡に降り立った。

辺りは濛々とした土煙に覆われ、舞い上がった細かな瓦礫がパラパラと落ちてくる。

まず側近たち全員の様子を確認。

生きている。それぞれ何らかの防御行動は取ったらしく、大きな怪我はないようだ。ただ対抗戦を監視していた光球は、遺跡と共に消し飛んだらしくどこにも見えない。

「ぐっ……けほっ……」

瓦礫を押しのけて、少し離れた場所からルルナが顔を出した。

魔術で強化されていた彼女はダメージが少なかったようだが、他の者は動きがない。爆発は凌いだが、衝撃で気を失っているらしい。

とりあえず無防備な者たちに被害が及ばぬよう、ルルナ以外の者を小さな結界で覆ってから、俺は爆発の〝原因〟に目を向けた。

それは土煙の向こう——ヒュラスがいた場所に鎮座している。

浮かび上がるのは翼を有する巨大な影。

風が吹くと青と赤の鱗が入り混じる不気味な皮膚が露わになった。そして完全に土埃が晴れると、俺の三倍はある体軀の――人型の竜種と表現するしかない巨漢が眼前に現れる。

「あ……あ――」

ルルナがその姿を見て、声を震わせた。

「控えよ」

巨軀の竜人が言葉を発すると、そこに込められた魔力が物理的な重圧となり、ルルナはがくんと膝を突く。

この世界に転生してから初めて感じる、他者の濃密な魔力。

「…………」

俺は体にのし掛かる魔力の重みを感じながら、じっと竜人を見上げた。

立ちあがれずにいるルルナが、苦しげに呟く。

「何故……ネビュラ様が――」

それを聞いて俺は息を吐いた。

「やはりお前だったか。どうりで声に聞き覚えがあったわけだ。以前は姿を見る前に消し飛ばしてしまったので、こうして直接対面するのは初めてか――八大魔王が一人、ネビュラ・ベルフェゴール。いったいどのようにして蘇った？」

俺が名前を呼ぶと、巨軀の竜人――魔王ネビュラは顔を顰める。

「貴様の創造主である私に対して、相変わらず尊大な態度だな……魔人バルド・バルバトス」

どうやら間違いないようだ。

かつて魔族を統べていた八大魔王の一人。人界の勇者を倒すため、魔人を造り出した者。

けれどだからと言って、俺に八大魔王を敬う気持ちは一片もない。

俺の中には、魔人を完成させる過程で犠牲になった素体たちの怨念が積み重なっている。

実験で何度も〝俺たち〟を殺してきた八大魔王に抱くのは、激しい憤怒だけ。

だが――それも生まれてすぐ、魔王たちを焼き尽くした時に晴らした。

そのおかげで今はまだ冷静にネビュラと向き合うことができている。

ただ……。

「質問に答えろ。死んだはずのお前が、何故ここにいる」

繰り返した問いには、わずかな怒りが籠っていた。

封印によって魔力は漏れ出ていないが、心の底がじわじわと熱くなっていくのを感じている。

その理由は、傷付いた配下たちの姿。

もし誰か一人でも深刻な状態であったならば、俺の心は怒りで塗りつぶされていただろう。

「下位世界の存在に説明したところで理解できまいが……私は一度滅んだことで、より上位の世界に——高次の存在にシフトしたのだよ。最強の兵器として造った魔人も、今やとてもか弱く見える」

哀れむように、余裕の表情でネビュラは答えた。

——確かに以前とはケタ違いの魔力量だな。

強くなっているのは間違いないが、俺にはそれ以上に気になることがあった。

「上位の世界……ここと違う世界ということか？　それはつまり……」

俺の言葉にネビュラは口の端を歪める。

「そうだ。貴様らが異世界と呼ぶ場所——私はそこから来たのだよ」

堂々と頷いたネビュラは、足元に目を向けた。

そこには赤い血肉が散乱している。先ほどの爆発で吹き飛んだヒュラスのものだろう。

「こちらの〝神〟の出方を窺うため、この人間を利用して潜伏していたが……警戒する意味はなかったな」

ネビュラは俺とルルナに視線を移し、嘲笑う。

「ルルナ・プラウド――貴様ら〝輝石の勇者〟が魔族の転生体であることはすぐに分かった。〝我々〟に対抗するため、神が打った一手だろうが……女王級にすら手こずる始末。それで次は魔人を持ち出してきたわけだ」

巨軀を反らし、高みから俺を見下ろしてネビュラは言葉を続ける。

「しかしこれが神の対抗策なら、もはや打ち止め。この世界に魔人以上の強度を持つ生命は存在するはずもない。ならばもう傀儡の影に潜む必要は皆無。ここで貴様らを消せば――それで〝侵食〟は完了だ」

そう告げると同時にネビュラの体は、赤と青の渦巻く光に包まれる。

ネビュラが出現した時に起こした爆発――それとは比較にならない規模の破壊を巻き起こそうとしているのだと気付く。

「爆譜・第十三階梯――核融滅光」

ネビュラの詠唱と共に眩い輝きが世界を吞み込んだ。

それは超高熱の爆発で広範囲を破壊しつくす高位の攻撃魔術。

「……手間がかかる」

俺は小さく息を吐くと一歩横へ移動し、熱線と爆風を正面から受け止めた。

光が過ぎ去り、世界に色が戻ってきた時——もはや風景は原形を残していない。

そこは山岳地帯であったはずだが、起伏のあった地形は平らにならされ、爆発の中心部は広大なすり鉢状のクレーターと化している。

遺跡の残骸は完全に消滅し、残っているのはネビュラと俺——それに俺自身を盾として守ったルルナ。

周囲に倒れているのは気絶中の配下たちと、約千名の第２学院都市の勇者。爆発の寸前、俺は彼らにも結界を張っておいたのだ。

「耐えたか——しかも仲間だけでなく、無関係の者まで守るとは……ずいぶんと面倒見がいいことだな。だが……」

ネビュラは球状の結界に守られている者たちを眺めてから俺に視線を戻し、愉快そうに笑う。

「そのせいで、自身の守りがおろそかになっているぞ？」

爆発の直撃で煤(すす)けた俺の姿を示し、ネビュラは勝ち誇った表情を見せた。

「ば、バルド様⁉　大丈夫なのですか？」

ルルナは焦（あせ）った様子で横から回り込み、心配そうに問いかけてくる。

「問題ない。多少服が汚れた程度だ」

「――強がるな。最高位の爆熱魔術だぞ？　魔人であろうとそう何度も耐えられまい。しかし時間を掛けるのも面倒だ。ここは手駒を増やすことにしよう」

ネビュラはわずかに視線を横に移動させる。その先にいるのはルルナ。

彼女はネビュラに見られた途端、びくりと体を痙攣（けいれん）させた。

「えっ……？　あ――」

ルルナは手にしていた剣の切っ先を、何故（なぜ）か俺の方へと向ける。

「ルルナ？」

俺が声を掛けると、彼女は焦った表情で答えた。

「わ、分からないのです！　体が勝手に――」

その様子を見て、ネビュラが笑い声を上げる。

「くははっ！　忘れたか？　銀狼（ぎんろう）プラウドよ――貴様はかつて我が軍に属していた。そして私は配下に必ず誓約の魔術を用いて、魂に従属の呪いを刻んでいる。転生して器を変えようと、貴様は私の意志に逆らえん」

その言葉で思い出す。

魔人として生まれた直後、俺の首に嵌(は)められていた首輪のことを。あれで八大魔王たちは俺を従えるつもりだったのだ。

「芸のない……」

俺は苦々しく呟く。

不快だった。苛立(いらだ)ちを覚えた。

枯れていた怒りが湧き出てくるのを感じる。

「身を挺(てい)して守るほどであれば、よほどプラウドに執心なのだろう？　大切な配下に刺し貫かれるか、もしくは容赦なく処断するか――どちらにせよ、私は愉快だ」

ネビュラは嗜虐(しぎゃく)的な笑みを浮かべながら、手をこちらに翳(かざ)す。

「閃譜(せんふ)・第十三階梯――終極星槍(グングニル)」

詠唱したのは先ほどと同格の高位魔術。けれど核融滅光(アトラス)が全方位攻撃だったのに対して、今度は指向性を持たせた一撃。

ネビュラの手から放たれた光の槍(やり)は――真(ま)っ直(す)ぐにルルナを狙っていた。

「…………」

俺は再び彼女を庇(かば)う位置に移動し、片手でネビュラの魔術を受け止める。

ドンッ‼

轟音が響き、視界が眩い光で埋め尽くされる。

けれど少し集中すれば、光の向こうで笑うネビュラの姿を見通せた。

奴が上機嫌な理由は分かっている。今、俺が身を盾にして守っているルルナが、こちらの背中に剣を突き立てようとしているからだ。

——さて、どうするか。

ネビュラは何か勘違いしているが、俺は追い詰められてなどいない。取れる手段はいくらでもある。問題は何を優先するか。

俺に剣を向けてしまった時のルルナの表情を思い出す。

とても申し訳なさそうで、悲しそうで……不甲斐ない自分自身に怒っている顔。

前世の銀狼プラウドが死ぬ間際も、あんな顔をしていた。

勇者の聖剣を砕くことしかできなかったと、最後までお供ができず申し訳ないと、銀狼は何度も謝っていた。

このままではきっとまた同じような顔をさせてしまう気がする。

それは……嫌だった。

だから迷う。しかし——。

「大丈夫……です」

背後からルルナの声が聞こえた。

「バルド様を守ることが……わたしの役目。わたしが自分で決めた生き方……だからわたしがバルド様を傷付けるなんてことは……絶対にあってはならないことなのです」

彼女の声は震えている。恐怖や絶望ではなく、怒りで。

「この〝誇り〟だけは……絶対に守り抜きます。これを失っては、わたしはもうわたしでいられません。だから——信じてください」

ルルナの呼吸は荒く、かなり無理をしているのが伝わってきた。

こうしている間にも俺の背には刃（やいば）の気配が近づいている。

「バルド様……わたしは共にネビュラ・ベルフェゴールと戦います。あなたの身を守る者としてこの聖剣を——わたしの牙を振るいます……！」

それは何の根拠もない、意地だけの宣言。

だがその言葉で俺の迷いは晴れた。

先ほども俺は彼女の〝誇り〟に勝負を託したのだ。

ならば言うべき台詞は決まっている。

「ああ、信じよう」

俺は自分の背中をルルナに任せて、歩き出す。

片手でネビュラの魔術を受け止めながら、一歩一歩前進していく。

背後はがら空き。

けれど何も心配はしていない。

ルルナは共に戦うと言ったのだから。その誇りを守り抜くと宣言したのだから。

「まだ耐えるか……だがもはや余裕はないはず。やれ――プラウド」

閃光を放ち続けているネビュラは、わずかに焦りを滲ませてルルナに命じる。

「っ……」

ルルナが小さく呻いた。

けれど彼女の刃が俺に振るわれることはない。

「感じるのです……首に纏わり付く……これが従属の魔術――この呪いを断ち斬れば

……！」

俺の背から刃が遠ざかる。気配で分かる――ルルナは必死にネビュラの命令に逆らい、

聖剣の刃を自身の首に押し当てようとしていた。

「何……？　自害でもする気か？」

ネビュラが困惑の声を上げる中、背後で銀色の輝きが溢れる。

――これは、神聖魔術の光か？

神聖魔術の効果は魔族の弱体化や、呪いなどの解除。俺が自身の魔力を抑えるために使っているのもこの系統の魔術。

だが純粋な魔族では使えず、人間に転生してからも何らかの制約があるのか、ルルナたちが神聖魔術を使ったところは見たことがない。

けれどルルナは手にしていた。

魂を持ち、自律的に魔術を発動できる特別な武器を――勇者に相応しい武器として女神に祝福を受けた剣を。

魔剣なら不可能だった。しかし〝聖剣〟であれば、神聖魔術を使えるのも当然のこと。

バギンッ！

何かが砕ける音が響いて、ルルナに纏わり付いていた禍々しい魔術の気配が霧散する。

これでもう彼女を縛る首輪はない。

「よくやった」

俺がそう褒めると、背後から息を呑む気配と共に、弾んだ声が返ってくる。

「はいっ……！　頑張ったのです！」

俺は笑みを浮かべて歩を進め、ネビュラの眼前まで辿り着く。

互いに翳した手の間では、行き場を失くした閃光が球状に大きく膨らんでいる。

「っ……こんなことが――いや、それよりも何故私が押されている？　上位世界に転生した私は、かつての十倍以上の魔力を有しているのだぞ⁉」

ネビュラの喚き声は無視して、俺は指に力を込め――圧縮された閃光を握り潰した。

パンッ――と光が弾け、驚愕で間抜け面を晒しているネビュラの顔がすぐ目の前に現れる。

「やれ、ルルナ」

そして俺は〝共に戦う勇者〟に命じた。

「はいっ！」

俺の背後から飛び出したルルナが、光を纏った聖剣を大上段から振り下ろす。

ザンッ！

煌く魔力の粒子を残して、聖剣の刃が奔る。

「な……あ――」

愕然とした顔でネビュラは自分の体を見下ろした。

左肩から右の腰辺りまで――深々と刻まれた斬痕から、ドッと勢いよく紫色の血が溢れ出す。

「馬鹿、な……」

深手を負ったネビュラはよろよろと後退し、憎々しげに俺とルルナを見据えた。

だが俺が睨み返すと、ネビュラはぐっと歯を噛みしめて、大きく後方へ跳躍する。

そしてそのまま竜のごとき翼を広げ、空に舞い上がった。

「あっ……逃げるのです！」

ルルナが慌てた様子で叫ぶ。

「そうだな――ルルナ、お前の勝ちだ。後の始末は俺が付けよう」

配下の働きを労い、俺は彼女の頭にポンと手を置いた。

「……わたしの、勝ち。じゃあわたし……バルド様のお役に立てましたか？」

「ああ、十分な働きだ。誇りに思うといい」

俺の言葉にルルナは瞳を潤ませると、こくんと無言で頷く。

「では、行ってくる」

「はいっ……いってらっしゃいませ、です」

ルルナの笑顔に送り出されて、俺は一歩前に足を踏み出す。

転移。

一瞬で周囲の景色が入れ替わる。

そこは先ほどいた山岳地帯の西。大陸中央部との境になっている山脈の上空。

そして目の前には、俺の出現に気付いて急停止したネビュラの姿があった。

「大陸中央部へ向かうということは、旧王都近辺の〝門〟を通ってあちらの世界に戻るつもりか？」

転移魔術でネビュラの進行方向に先回りした俺は、苦々しい顔をしているネビュラに問いかける。

「…………」

ネビュラは何も答えない。その体からボタボタと紫の血が流れ落ちているのを見て、俺は笑う。

「聖剣に付けられた傷は、世界の敵であることを示す刻印。それがあると転移などの空間魔術は世界側から弾かれる。俺の配下は、本当にいい働きをしてくれた」

前世でも勇者の持つ聖剣は本当に厄介だった。

それを噛み砕いた銀狼の働きは素晴らしいものなのだ。今回に関しても彼女が自力で呪縛を解き、聖剣を振るった意味は非常に大きい。

ルルナがいなければ、ネビュラは転移魔術で〝門〟の傍まで一気に移動し、そのまま異世界に逃げ込んでいただろう。

「ネビュラ・ベルフェゴール。お前の目的は何だ？　お前以外の八大魔王も異世界にいるのか？　王都を襲った魔王級とやらは、お前たちのことか？」

問いかけるが、やはりネビュラは無言のまま。

「まあいい――答えるつもりがないなら。もう一度、死を味わえ。今度は魂すらも塵にしてやろう」

怒りを抑えるのも、もう限界だった。

気を失った配下たち、操られたルルナ。

俺の配下たちに対する暴挙は、もはや命でも償えない。

「……もう勝ったつもりでいるとは、愚かな。不覚にも傷は負ったが、魔力はまだ尽きてはおらん。残った魔力全てで最高位魔術を放てば、いかに貴様とて防げはすまい」

ようやく口を開いたネビュラは、覚悟を決めた様子でこちらに両手を翳した。

「最高位魔術、か」

だが俺はその言葉に憐れみすら感じてしまう。

「……？」

そんな俺を見て、ネビュラは訝しげな表情を浮かべる。

「また第十三階梯の魔術を使うつもりか？　確かにかつての魔族や精霊、竜族、エルフなどの魔力に秀でた種族が扱える最高位は第十三階梯だ。だが、勇者のような特別な存在を除く普通の人間は、第六階梯までの魔術しか使えない」

「それがどうしたと……」

まだ理解が及んでいない様子のネビュラに俺は言う。

「つまり基本的には、種族によって魔術の〝最高位〟は異なるという話だよ。だとすれば──魔人の最高位魔術は、どれほどだと思う？」

「まさ、か……」

ネビュラの声が上擦る。

そこで俺は遠方にいる女神エウロパに向けて、念話を飛ばした。

『半分ほど魔力を解放する。十秒だけ耐えろ』

『えっ⁉　ば、バルド様？　いったい何を──』

返事を待たず、自身を縛りつけていた封印を緩める。

ドンッ――！

瞬間、世界が揺れた。

俺から溢れ出た魔力が津波のように天地を蹂躙（じゅうりん）する。

『きゃあああああああああっ!?』

脳内に響く女神の悲鳴。

それに呼応するかのように大地が鳴動し、大気が泣き喚く。

「は……？」

ネビュラがこちらに放とうとしていた第十三階梯魔術は、術式もろとも俺の魔力に掻（か）き消されていた。

唖然（あぜん）とする彼に向けて、俺は先ほど投げかけた問いの〝答え〟を示す。

「炎譜・第六十六階梯――赫（ラギ）」

「ろくじゅ――」

言葉を最後まで言い終えることなく、ネビュラは赤い世界に溶けた。

具現せしは全天を覆う真紅。

そこから垂れた一滴が、ネビュラを蒸発させたのだ。

炎でも熱でもない、ただひたすらに〝赤い何か〟。

それは万物を焼き尽くす概念。事象の地平より出で、存在の根源に到達する滅び。

ネビュラは肉体だけでなく魂すらも焼き尽くされ、その全ては赤色に塗り替えられる。

転生すら許さぬ存在の焼却。

俺はそれを見届け、魔術を解除した。

空はパッと元の青色を取り戻し、魔力を封印したことで地鳴りも収まる。

大地にはひび割れが走り、山も一部崩れているが……何とか世界は砕けずに済んだようだ。

『生きているか？』

念話でエウロパに問う。

『はぁっ……はぁっ……ええ……でも……でもこんなの――』

彼女が涙声になるのを聞き、さすがに少しバツが悪くなる。

怒りに身を任せて、少々やりすぎてしまったかもしれない。世界が壊れてしまっては元も子もないので、今後はもう少し手加減しなければ。そう思ったのだが……。

『こんなの……気持ち良すぎて、どうにかなってしまいますわっ‼』

頭の中に高らかに響いたエウロパの声に、俺は考えを改める。

どうやらまだ余裕はあったらしい。

『元気なら後始末は全部やっておけ』

俺はそう言い捨て、念話を切る。

そのままゆっくりと降下しつつ、元いた場所へ引き返すと——こちらに手を振る六人の少女たちの姿が見えた。

どうやらルルナ以外の者たちも意識を取り戻したらしい。

「バルド様ーっ‼」

ルルナの元気な声は、傷だらけの世界に高く響いていた。

終章

「……報告に上がりましたわ」

執務室にやってきたエウロパを見て、俺は眉を動かす。

「女神でも寝不足になるのだな。目の下に隈ができているぞ？」

そう言うとエウロパは、恨めしそうな表情を浮かべた。

「バルド様が本当に全部をわたくしに押しつけたからじゃないですか……おかげで対抗戦から三日……一睡もできていませんのよ？」

「で、報告は？」

「ああっ――何て冷たい反応……！　ですが……それがまた癖になりそうですわ……」

寝不足のせいか、へらへらと気味が悪い笑みを浮かべるエウロパ。

「…………」

無言で俺が睨みつけると、ようやく彼女は本題に入る。

「そうそう、報告でしたわね。ヒュラス学長の件で、相変わらず各学院の上層部は混乱中ですわ。彼の悪事が暴かれ、その影から魔物が現れるまでの光景は、通信魔術で皆さん見ていましたから」

「魔物――か」

俺にとっては八大魔王の一人だが、この時代の人間にとってはそういう扱いになるのだろう。

「異世界の魔物が学院に入り込み――学長を裏から操っていた。これは学院都市全体の信頼を損ないかねない出来事です。ですのでまだ公にはされていません。そして何よりの問題は、同じような状態の学院が他にないとは言い切れないことですわ」

その言葉に俺は頷(うなず)く。

「そうだな。完全に潔白だと証明できるのは、この件を解決した第0学院都市ぐらいなものだろう」

「はい――ですから第2学院都市の管理は、一先(ひとま)ずわたくしが行うことになりましたわ。とりあえずヒュラス学長の不正に協力していた教師たちは解雇し、新体制を整えているところです」

そこまでやっていたのなら確かに寝る暇もないだろうと、俺は納得する。

「つまりこれで俺たちは学院都市の一つを制圧したと言えるわけだ。むしろ他も全て魔物側だった方が、話が早くて助かるのだがな」

冗談ではなく本気で俺が告げると、エウロパは顔を青くする。

「ふ、不吉なことは言わないでください！　そうなった時、実際に働くのはわたくしなんですから」

全ての学院を管理することになった時のことを想像したのか、エウロパは首を大きく横に振った。

「──そうだな。この学院だけですら毎日問題が起こっているのだから、もはや手に負えまい」

苦笑交じりに俺は頷く。

ドーン……！　ドーン……！

その時、どこかから爆発音が連続して響いてきた。

「噂(うわさ)をすれば……またか」

「またですわね……」

諦めた様子でエウロパも相槌(あいづち)を打つ。

そして次の瞬間、室内に突如として大きな人形──のようなものが現れた。

──転移魔術だな。

ていたから。

人形と形容するのを躊躇ったのは、その体が様々な形状の金属パーツによって構築され

ただ、これが何か分からなくても制作者は明らかだ。

「あーっ！　やっぱりここに転移したでちね！」

部屋に飛び込んできたラトニが、金属人形を指差して叫ぶ。

「……やはりラトニの発明か。あれは何だ？」

そう問いかけると、彼女は胸を張って答える。

「次世代型ゴーレム試作機――〝鋼鉄の勇者〟アイアン一号でち！　第0学院都市は相変わらず人手不足でちが……勇者が足りないのなら、こうやって自分で作ればいいのでちよ。攻撃や防御の魔術はもちろんのこと、短距離の転移魔術も使用可能なのでち！」

「ほう、なかなか面白い発想だ。しかしその様子だと何かしらのアクシデントが起こったようだが？」

俺が問いかけると、ラトニは気まずそうに頭を掻く。

「実は肝心の制御機構――魂の代用として作った人工精霊が安定しなくて……現在暴走中なのでち！」

「暴走……このままでよいのか？」

眉根を寄せて俺は金属人形を眺める。

「よくはないのでちが――バルド様には絶対危害を加えないので、安心して欲しいでち。バルド様は最優先護衛対象に設定済みでち」

ウィーン。

ラトニがそう語っている間に、金属人形が腕を動かし――手の平にある砲門らしき穴をエウロパに向けた。

「え？」

ポカンとするエウロパに向けて金属人形が声を発する。

「ジャマモノ、ハッケン。ハイジョ」

ドンッと放たれる砲火。

それが第六階梯に相当する炎系統の魔術だと俺はすぐに理解した。

「きゃああっ⁉」

炎が直撃したエウロパは、後ろの壁ごと外に吹き飛ばされる。

「…………」

仮にも女神なので、この程度で死にはすまい。そう考えた俺は落ちていくエウロパを黙って見送った。

「助けてくれないなんてひどいですわーっ！　でもそんなあなたが――ぎゃふっ⁉」

彼女のふざけた台詞と悲鳴も聞き流し、俺は機械人形を見つめる。

「邪魔者の排除と言ったな。エウロパは少なくとも俺の敵ではないぞ？」

「――イイエ。ゴエイ、ノ、ジャマ」

簡単な会話もできるらしく、金属人形はたどたどしく答えた。

そこでラトニが補足する。

「アイアン一号は、バルド様を守るのは自分だけでいいと考えているのでち。バルド様に対する畏敬の念をたくさん入力したらヤンデレ化したのでち」

「ヤンデレ化……」

耳慣れぬ単語に顔を顰めた時、開かれたままだった扉から五人の少女たちが駆け込んできた。

「さっきはよくもやってくれたのです！」

「……不意打ちには、相応の報いを」

「あれぐらいで勝ったと思わないでほしいなー」

「木偶人形が調子に乗らないでください」

「…………頭に来ました」

ルルナ、リド、ヴィータ、ロゼア、マリアベルが引き攣った笑顔を浮かべ、機械人形を睨んでいる。

「アイアン一号は皆の部屋に転移して、奇襲をしかけたのでち。けれどそれで仕留められないとなると、まだまだ出力不足でちね」

淡々とラトニはこの状況を説明し、残念そうに溜息を吐いた。

彼女にしてみれば、機械人形の暴走もちょうどいい実地試験のようなものなのだろう。

「ジャマモノ、ハッケン」

「どっちがっ‼」

機械人形が腕を掲げると同時に、ルルナたちも飛びかかる。

室内で始まる激戦。

ルルナが繰り出すのは魔力を込めた聖剣による一撃。

「聖剣よっ‼」

「黒炎剣——」

リドは魔術で生み出した黒い炎を剣に纏わせ、機械人形に斬りかかる。

「雷精招来、代替詠唱……」

ヴィータは呼び出した雷の精霊に詠唱をさせることで、人間の枠を超えた魔術を使おうとしている。

「炎譜、水譜、風譜、地譜——第六階梯四重奏……」

ロゼアは同時に発動させた複数の魔術を融合させ、本来の第六階梯を大きく超える威力の攻撃を行うつもりのようだ。

「虚式……冥譜——第零（ゼロ）階梯——」

マリアベルは据わった目で機械人形を睨み、何やら奇妙な術式の魔術を展開しようとしていた。

どれも本気の一撃。

それらが炸裂（さくれつ）すれば、この部屋は消し飛ぶことだろう。

だが——配下たちの成長が見られるのであれば別に構わない。

俺はそう考えて見守ることにしたが、ラトニは皆の行動を許容できないようだった。

「やめるでち！　これ以上バルド様のお部屋をめちゃくちゃにするのは許しまちぇん！」

ラトニはスイッチのついた四角い箱を取り出すと、躊躇いなくそれを押した。

「武装解除でち！」

彼女が背負っていた機械が駆動し、眩い光が辺りを包み込む。

——転移魔術のようだが……。

少しばかり術式に細工がされている。

俺は意識するまでもなくレジストしてしまったが、これが何を転移させるためのものなのかは光が収まるとすぐに分かった。

「きゃあっ⁉ な、何で、わたしたち裸なのです⁉」

尻餅をついたルルナが顔を真っ赤にしながら豊満な胸を隠す。

「ラトニ……いったい何した？」

リドは素早くカーテンの陰に隠れつつ、ジト目でラトニを睨む。

そう——部屋にいた配下たちは皆、全裸にされていた。

しかも暴走していた機械人形も消えている。

「危ないモノを全部纏めて封印部屋に転移させたのでち。アイアン一号にはしばらくそこで反省してもらうとして……うーん、おかしいでちね。武器だけを転移させるつもりが、服までなくなるなんて……まだ調整が必要みたいでち」

ラトニ自身も素っ裸になっているのだが、恥ずかしがる様子もなく、裸のまま背負っている魔術装置を確認している。

「あははっ！　いつもの失敗かー。何だか怒りも冷めちゃったよ」

裸身を晒しながらヴィータは呆れた表情で笑う。

「…………バルド様、このようなはしたない姿をお見せして申し訳ありません。ただ……私このままですと……もう一つ新たな問題が発生する予感がしているのですが……」

マリアベルは胸と下腹部を手で隠しながら、不安げにロゼアの方を見ていた。

元夢魔だというのに誰よりも恥ずかしがり屋なロゼアは、俺と目が合った時点で体を硬直させている。

だが次第に体を震わせはじめ、肌が羞恥に紅潮していた。

「ば、バルド様……バルド様……私……私っ！」

限界まで追い詰められた彼女は、感情と共に夢魔の魔力を爆発させる。

その後は、いつもの展開だった。

「バルド様〜！　体が熱いのです〜」

顔を火照らせたルルナが、裸のまますり寄ってくる。

他の者たちもロゼアの魔力で理性を奪われ、熱に浮かされたような顔で俺を取り囲んだ。

心の底がざわめく。

それだけでわずかに漏れ出た魔力が地鳴りを呼び——階下からエウロパの嬉しそうな悲

鳴が聞こえてくる。

「…………」

これが今の日常。

魔王と勇者、あとついでに女神が紡(つむ)ぐ日々。

騒がしい日々にさすがに疲れもあるが——どんなに滅茶苦茶(めちゃくちゃ)な毎日でも、そこに未来があるのなら……何も言うことはない。

「行くぞ」

こうなったら寝かしつける他ないので、俺は裸の配下たちにしがみつかれたまま寝室へと向かう。

明日目覚めた時、彼女たちがどんな表情を見せるのか——それは少し心配で、同時に楽しみでもあった。

あとがき

はじめまして、もしくはご無沙汰しております。ツカサです。

前作の『はしたない姉妹ですが、躾けてもらえますか？』が出てから、気付くと五年が経とうとしています。

五年も経つと色々なことが変わります。

私は一昨年に約九年過ごした東京のアパートを出て、長野県に引っ越しました。

引っ越した後に自分が住んでいた物件を見ると、築年数の関係で家賃が全体的に引き下げられており、引っ越し時だったんだなぁと感じました。

ちなみに引っ越し先の家賃は東京の頃とほぼ同じなのですが、間取りは四倍以上の広さになりました。

地方の方がやっぱり物価は低いのだなと感じたものの、外食をしようとするとリーズナブルな店舗が少なく、むしろ食費は嵩む結果に。これはヤバいと初めてまともに自炊を始め、段々と料理のレパートリーを増やしています。

今作の主人公も魔王から学院長となり、新たな生活を始めます。

転生した配下たちとのわちゃわちゃした日々は、主人公の心境にも大きな変化をもたらすことでしょう。

そんな彼らの物語を応援していただけると幸いです。

それでは謝辞を。

イラストを担当してくださった、よう太先生。

素晴らしいキャラクターデザインとイラストをありがとうございます。どのキャラもとても魅力的で、ヒロインたちは可愛く、バルドは最高にカッコ良かったです！　衣装もそれぞれ特徴があり素敵でした！

担当のK様。

『国家魔導最終兵器少女アーク・ロウ』、龍皇杯の『人類失格な俺たちが、正しく生きていく方法』、前作の『はしたない姉妹ですが、躾けてもらえますか？』から引き続き、的確なアドバイスで作品を導いていただき感謝しています。今後ともよろしくお願いいたします。

そして最後に、この本を手に取ってくださった読者の方々へ心からの感謝を。

それでは、また。

二〇二四年　三月　ツカサ

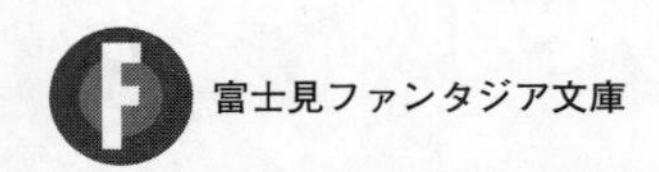

魔王の元側近は勇者に転生しても忠誠を捧ぐ

令和6年4月20日　初版発行

著者——ツカサ

発行者——山下直久

発　行——株式会社KADOKAWA
〒102-8177
東京都千代田区富士見2-13-3
0570-002-301（ナビダイヤル）

印刷所——株式会社暁印刷

製本所——本間製本株式会社

ISBN978-4-04-075146-7 C0193　◇◇◇

CONTENTS

The demon lord's
rmer aides remain loyal to the reincarnated her

魔王の元側近
魔王の元側近は勇者に
転生しても忠誠を捧ぐ